SV

Band 682 der Bibliothek Suhrkamp

Hans Henny Jahnn
Die Nacht aus Blei

Roman
Mit einem Nachwort versehen
von Josef Winkler

Suhrkamp Verlag

Erste Auflage 1980
Lizenzausgabe mit freundlicher Genehmigung
der Akademie der Wissenschaften und der Literatur, Mainz
und des Hoffmann und Campe Verlags, Hamburg
Hans Henny Jahnn, *Die Nacht aus Blei* (1956)
aus: *Werke und Tagebücher in sieben Bänden*
© Hoffmann und Campe Verlag, Hamburg 1974
© dieser Ausgabe Suhrkamp Verlag Frankfurt am Main
Alle Rechte vorbehalten
Druck: Nomos Verlagsgesellschaft, Baden-Baden
Printed in Germany

Die Nacht aus Blei

»Ich verlasse dich jetzt. Du mußt alleine weitergehen. Du sollst diese Stadt, die du nicht kennst, erforschen.«
Matthieu, der den Kopf gesenkt gehalten hatte, blickte auf. Er erkannte dies: daß es Nacht war – ein schwarzer Himmel ohne Sterne –; daß es Häuser gab, gepflasterte Straßen –; daß er an einer Ecke stand, wo die Fliesen unter seinen Füßen aus zwei Richtungen zusammentrafen –; daß ein gelbes grelles Licht, ausgestrahlt von hochhängenden Lampen, das Bild erhellte, dies neue Bild, diese Straßenecke und einen breiten Boulevard, den er nach zwei Seiten hinabschauen konnte. Glitzernde Straßenbahnschienen lagen eingebettet im Pflaster, kamen von fern her, verloren sich im Fernen, schnurgerade, wie ihm schien, unablässig das nicht ermüdende gelbe Licht über sich, das unzählbare aufgehängte Lampen gaben.
Während sein Geist sich anschickte, sich zu verwundern, spürte er, daß er unbekleidet und in diesem Zustand ein ungehöriger Fleck auf der Straße war. Doch nur ein paar Sekunden lang empfand er diese Nacktheit. Er bewegte die Arme, weitete die Brust. Er lehnte sich rückwärts gegen die Luft, die ihn umgab, und nahm wahr, daß sie ihn stützte. Er erkannte die Gestalt der Stimme, den Körper, der sich noch nicht von ihm verabschiedet hatte. Er fühlte die gütige Wärme jenes anderen, ertastete mit der Haut die andere Form, die sich ihm anschmiegte, begriff – mit aufdringlicher Schärfe –, daß das Wesen, männlich, ihn mit voller Gestalt hielt.
Aber dann war es fort – weggewischt wie die Stimme. Matthieu taumelte. Er blickte zurück. Er war verlas-

sen. Er stand in seinen Kleidern da, gewöhnlich, ein unschlüssiger Mensch.
»Ich habe die Wahl, nach rechts oder nach links zu gehen. Wohin werde ich mich also wenden, da ich hier fremd bin, kein Zuhause habe und niemanden kenne, der mir raten könnte?«
Er tat ein paar Schritte vorwärts, um die Länge des Boulevards gewisser abschätzen zu können, womöglich ein Ende oder eine Krümmung zu entdecken. Aber es gab für sein Auge keine Begrenzung der blinkenden Schienen und kein Ende in der Zahl der Lampen. Es war wie der Raum zweier riesenhafter einander gegenübergestellter Spiegel – eine Unendlichkeit, die man sich errechnet, aber nicht glaubt. Und er sah keinen Menschen, so sehr er sich auch mühte, seinesgleichen zu entdecken. Die Häuserfronten waren angestrahlt, erschienen in der gleichmäßigen Farbe des Lichts, nur von Schatten übergossen oder durch Schmutz getrübt. In der Höhe verloren sich die Gebäude im Schwarz des Himmels, unbegrenzt. Und alle Türen und Fenster waren schwarz, als wären es Löcher vor dem Nichts.
In der Ferne entdeckte Matthieu ein einziges erleuchtetes Fenster. Das bestimmte ihn, diese Richtung einzuschlagen. Er erwartete sich nichts von dem Fenster; aber seine Schritte wurden allmählich entschlossen, als hätten sie ein Ziel.
Während er so ging, verwunderte er sich mehr und mehr, daß ihm niemand begegnete, kein lebendes Wesen, kein Gefährt. Es gab auch keinen Laut, kein Geräusch. Die Häuser schwiegen, und die Luft war unbeweglich.

»Welche Stunde mag es sein, daß eine so große Stadt schläft, als wäre sie keine Stadt, sondern ein Feld irgendwo im Dunkeln? Und weshalb brennen die Lampen, wenn es keinen Verkehr gibt?«

Er antwortete sich selbst, daß er die Sitten der Einwohner nicht kenne. Und da er nicht müde war, beunruhigte es ihn nicht, daß es für ihn kein Zuhause gab. Dennoch strebte er dem Fenster mit größerer Eile zu – als ob es für ihn eine Bedeutung hätte.

Dann stand er vor der Hausfront, die ihn angezogen hatte. Das schimmernde Fenster befand sich im zweiten Stockwerk. Er schaute hinauf. Der durch Vorhänge gebrochene Schein deutete ein behagliches Zimmer an – eine häusliche Abgeschlossenheit – Wärme –; doch zugleich ein Verlassensein, die Einsamkeit eines Lebens.

»Hinter dem Fenster gibt es nur einen Menschen. Es ist eine Ähnlichkeit mit mir. Ich kenne jenen nicht. Er kennt mich nicht. Ich könnte zu ihm hinaufgehen –«

Matthieu, mit zurückgeworfenem Kopf, bestarrte das tröstende Rechteck in dem sonst ausdruckslosen, erstorbenen Gesicht des Hauses. In ihm wurde eine Sehnsucht geweckt, Verlangen nach Gemeinschaft, Ungeduld, eine Kühnheit – die Kühnheit, in dies Haus einzudringen, einen Menschen dieser Stadt, den ersten Menschen, von dem er eine Spur entdeckt hatte, zu bedrängen, um ihn kennenzulernen.

Alle Erinnerung, die er aus anderen Städten mitgebracht hatte, schien ihn verlassen zu haben. Er kannte nur noch sich, nur die Empfindungen dieser Augenblicke. Lebendiges Leben war allein das, was er, keineswegs deutlich, unter seiner Kleidung empfand: ein bißchen Wärme, irgendein abstruses Verhalten. Nichts schien dem Spiegelbild zu gleichen, das er, als einen verworrenen Trieb, von sich selbst entwarf.

Er sagte laut: »Die inwendigen Erlebnisse aller Bewohner dieser Stadt sind den meinen unähnlich.« Und nach einer Weile: »Wir gehen durch die Straßen, bis unsere Liebe schlimm wird.«

Damit tat er einen Schritt zur Haustür hin, entschlossen, den Türgriff zu fassen, sich notfalls mit Gewalt oder Geschicklichkeit Einlaß zu verschaffen.

Im selben Augenblick verlosch das Fenster, wurde so schwarz wie die übrigen dieser Fassade und die vielen tausend anderen der weitausholenden Avenue. Und mit dem Fenster zugleich verloschen die Ampeln der Straßenbeleuchtung; – vielmehr: sie glommen nur noch, ohne einen nennenswerten Schein zu geben. – Es war, als ob sich ein Nebel aus schwarzem Rauch herabgelassen hätte.

Matthieu gab seinen Vorsatz, in das Haus einzudringen, sogleich auf. Er sah in der Tat einen Augenblick lang nichts.

»Es ist das letzte erhellte Fenster dieser Stadt in dieser Nacht gewesen. Jetzt bedarf es der erleuchteten Straßen nicht mehr. Die Stadt verschwendete das Licht, weil noch ein einziger zu erkennen gab, daß er nicht schlief. Alle, die auch hinfort nicht schlafen, sind im Dunkeln oder hinter schwarzen Schotten oder in fensterlosen Kellern.«

Er hatte sonderbarerweise die schnelle Gewißheit, daß

noch nicht alle Bewohner vom Schlaf befallen waren – so wenig wie er selbst – und daß diese, diese Schlaflosen, diese irgendwo Verborgenen, ihm gleichen würden – daß er einer der Ihren war. Das Fenster, dessen Licht ihn angezogen hatte, wurde unwichtig. Als er noch einmal aufwärts schaute, entschied er nicht einmal mehr, welches der schwarzen toten Augen noch vor kurzem gelebt hatte.
Er stellte mit Befriedigung fest, daß die Umrisse der Häuser, Fußsteig und Fahrbahn wieder erkennbar geworden waren, nachdem er sich an die Lichtlosigkeit gewöhnt hatte. Er ging weiter, der Richtung entgegengesetzt, aus der er gekommen war. Seine Gedanken waren nicht scharf oder aufdringlich. Er hätte von sich sagen können, daß er schläfrig sei, doch nicht müde, eben nur unaufmerksam, recht gleichgültig seinem Zustand und der finsteren Stadt gegenüber – verschwommen alles. »Wir gehen durch die Straßen, bis unsere Liebe schlimm wird«, dachte er noch einmal.
Der Satz bedeutete ihm nichts anderes als die überflüssige Feststellung, daß er erwachsen und erwachsener Regungen fähig war.
Nach geraumer Zeit bereute er, nicht in das Haus eingedrungen zu sein. »Der Mensch hätte noch nicht geschlafen«, stellte er fest. »Ich hätte mich an den Bettrand setzen können, wir hätten einander erzählt oder ausgefragt.«
Die eingebildete Begegnung nahm keine festen Umrisse an. Er erdachte sich weder einen Mann noch eine Frau. An Kinder wurde er gar nicht erinnert. Er

bereute nur, nicht entschlossen gewesen zu sein. Er nahm sich vor, eine nächste Gelegenheit nicht ungenutzt zu lassen. Freilich kam es ihm wieder in den Sinn, daß die Menschen, die ihm hinfort begegnen könnten, seinesgleichen sein mußten: Ruhelose, Schlaflose, im Gegensatz zu den Eingesessenen, die alle schliefen – und deshalb anders sein mußten als die Wachenden.

Matthieu versuchte in seinen Gedanken, diesem Gegensatz einen Ausdruck zu geben. Aber welche Vorstellung er auch heraufbeschwor, sie verwischte sich wieder. Die Schlafenden und die Wachenden verschmolzen miteinander, bekamen eine Identität mit ihm selbst, eine ungehörige, als ob alle Welt Matthieu wäre, dieser erwachsene Mensch, mit erwachsenen Regungen, dreiundzwanzig Jahre alt, der noch nicht an seinen Tod zu denken brauchte, der eine dreiundzwanzigjährige Vergangenheit hatte, eine unerhebliche. Da war ein bißchen Liebesverlangen in ihm erzeugt worden; aber die Gnade war nicht auf ihn herabgeträufelt. Er zog durch die Straßen, weil diese dreiundzwanzig Jahre so durchschnittlich, nicht glücklich gewesen waren. Die einen gingen mit Weibern, die anderen mit Jungen. Das wußte man von ihnen. Das übrige war Geschäft, Langeweile, Kunst, Petersdom, Pyramiden, Bach, Okeghem oder Strawinsky, Kitsch oder Shakespeare, Gott oder Weltenraum. Die illustrierten Zeitungen ersetzten das Gehirn. Plem plem. – Sie wurden begraben oder verbrannt. Keine Ausnahme.

Er sagte ärgerlich: »Ich habe die Gelegenheit vorüber-

gehen lassen, diese echten Einwohner kennenzulernen. Es ist zu schwer für mich, mir den Schlaf all dieser Unbekannten vorzustellen. Ich weiß nur, daß sie daliegen; aber sie haben für mich kein Gesicht. Kennen sie den Dichter Pythagoras oder die Meerqualle Tukki? Haben sie den Kopf zwischen die Schenkel gesteckt und vor ihren Hintern den Hut abgenommen? – Ich hätte wenigstens ein Gesicht betrachtet haben müssen. Man kann ja nicht einen Katzenkopf denken, wenn man niemals eine Katze sah; es wird allenfalls eine Kröte daraus oder ein Pfannkuchen. – Und diese habe ich niemals gesehen. –«
Er stolperte. Es gab einen hellen Laut von Stein und Fußsohle wie der Knall einer Peitsche. Und der Laut hatte ein Echo von der Häuserfront der gegenüberliegenden Straßenseite herüber. »Nun weiß man, daß ich da bin«, sagte er, »nun hat man mich gehört.«
Er ging weiter, von einer Art Zuversicht erfüllt. Die Stille wenigstens war zerrissen worden.
Aber es geschah doch nichts. Nirgendwo wurde ein Fenster aufgerissen, keiner trat vor eine Tür, es wurde nichts gerufen.
»Man schläft fest«, sagte er und ging mit Hast weiter, als müßte er ein Ziel so bald wie möglich erreichen.
Da hielt ihn ein Mann an. Er war aus einem Torweg hervorgetreten und verstellte den Weg.
Matthieu erkannte nicht sogleich, wer ihn behinderte. Er erschrak nur, sagte ein unüberlegtes Wort. Die Umrisse des Mannes deuteten eine große, breite Gestalt an, Körperfülle und Kraft. Matthieu glaubte auch eine Art Uniform zu erkennen; jedenfalls gab es an der

Kleidung des Fremden blinkende Knöpfe. Daß es ein Mann war, blieb eine Vermutung, solange er nicht gesprochen hatte. Die Gestalt ließ eine Taschenlampe aufblitzen, reichte Matthieu eine Karte, beleuchtete sie, damit dieser lesen könne, was darauf gedruckt war. Nach einigem Zögern entschloß sich Matthieu, den Text zu entziffern. Er las:
Elvira empfängt in anheimelnden Salons. Sandwiches. Weine. Hübsche Brüste. Einzigartige Verwandlungen. Einmalige Unterstützung 50 Fr. Niemand wird bereuen, Elvira geholfen zu haben.
Die Taschenlampe wurde ausgeknipst; Matthieu behielt die Karte in der Hand. (Später kam sie ihm abhanden; wahrscheinlich warf er sie fort.)
»Sie sind der Portier des Hauses?« sagte er.
»Ich bin, was Sie mich nennen, mein Herr«, sagte die Gestalt mit tiefer Stimme.
»Wer ist Elvira?« fragte Matthieu.
»Eine Überraschung«, sagte der Portier.
»Das ist nichts Genaues«, sagte Matthieu.
»Wer nichts erlebt, weiß nichts«, sagte der Portier.
»Mich geht diese Rede nichts an«, sagte Matthieu, »ich möchte weitergehen.«
»Sie irren, mein Herr, Sie möchten nicht weitergehen. Sie sind in diese Stadt gekommen und können hier nicht vorüber. Sie wissen es. Sie haben einen Auftrag. Sie haben schon viel versäumt. Sie haben das helle Fenster versäumt.«
Die Gestalt drängte Matthieu, der noch widerstrebte, seitwärts. Sie berührte ihn nicht; aber der Schatten der Umrisse wirkte wie eine Kraft.

Matthieu sprach wieder: »Ich weiß nichts von Ihnen; aber Sie wissen etwas von mir. Es ist wahr, daß ich das erleuchtete Fenster nicht für meine Zwecke genutzt habe. Ich habe mir danach vorgenommen, ein zweites Mal die Gelegenheit nicht zu verfehlen. Aber mir scheint, daß ich hier nur aufgehalten werde – daß mein Ziel anderswo ist.«
»Nach Ihrem Belieben, mein Herr«, sagte die tiefe Stimme, »es gibt hier keinen Zwang. Sie dürfen so viele Anlässe, etwas zu erfahren, vorübergehen lassen, wie Sie wollen. Doch einmal endet die Stadt. Bedenken Sie es bitte! Plötzlich stehen Sie auf einem öden Feld – und die Stadt liegt hinter Ihnen. Sie werden nicht umkehren können. Sie werden nur die Reue behalten, von den Menschen nichts erfahren zu haben. Es gibt hier niemals eine Umkehr – immer nur eine Richtung. In wenigen Minuten werde ich das Haus schließen. Dann ist es für jeden, der herein möchte, zu spät geworden. Es gibt danach keinen Einlaß mehr.«
Er schickte sich an, in den Torweg zu gelangen.
»Bitte, bleiben Sie noch einen Augenblick bei mir«, sagte Matthieu, »ich bin hier fremd und begreife wohl, daß ich manches falsch mache; aber wenn Sie mir Gewohnheiten, die für mich neu sind, gründlicher erklären möchten, werde ich weniger ungeschickt sein.«
»Sie dürfen mit mir kommen. Es ist mir nicht erlaubt, lange auf der Straße zu stehen. Das versteht sich ohne Begründung. Es ist eine Vorschrift. Ob eine vernünftige Absicht damit verbunden ist oder ob es eine alte

Bestimmung ist, deren Sinn man nicht mehr kennt, ist unerheblich. Man fragt nicht nach dergleichen.«
Matthieu wollte etwas einwenden; doch entschloß er sich schnell, nicht weiter störrisch zu sein. Er machte ein paar Schritte zum Portier hin.
»Es geht sich leicht hierher«, sagte jener, um Matthieu zu ermutigen.
»Sie müssen mich führen«, sagte dieser, denn ihm war, als ob er langsam erblinde.
Der Portier nahm ihn beim Arm. Anfangs wurde Matthieu ein wenig gezogen. Als aber die Finsternis hinter dem Torbogen undurchdringlich geworden war – das Tor hatte sich sanft wehend bewegt und war dann knirschend ins Schloß gefallen –, schritten die beiden wie Freunde, schlürfend, nebeneinander aus. Matthieu vertraute der Stimme seines Begleiters, daß sie ihn aufmerksam machen würde, wenn etwa eine Stufe oder eine Unebenheit des Bodens zu erwarten sei. Und wäre er gestolpert, der starke Arm des Mannes, der ihn sanft an der Schulter gepackt hielt, hätte ihn vorm Hinstürzen bewahrt. Auch die Richtung schien der Portier in der Finsternis nicht zu verfehlen, was den Geführten sehr verwunderte, denn er selbst empfand nur eine richtungslose Schwärze. Es gab sicherlich eine Vorschrift, daß die Taschenlampe nicht angeknipst werden durfte – und eine Begründung dafür, die nicht ohne weiteres zugänglich war. Matthieu versuchte einen Gedanken zu finden, eine Erinnerung zu formen. Es gelang ihm nicht. Er fürchtete sich nicht; er hatte auch keine Erwartung. Er vergaß, wie er in diese Dunkelheit geraten war.

Der Portier hieß ihn, stillezustehen, entzog ihm den Schutz der Arme. Matthieu hörte den Mann noch ein paar Schritte tun. Dann gab es das Geräusch eines herumgedrehten Schlüssels. Eine Tür wurde aufgeklinkt. Und durch die sich öffnende Tür kam Licht.
Ein unaussprechliches Glücksgefühl durchströmte Matthieu. Es war kein grelles Licht, das ihn blendete, vielmehr ein matter, warmer Schein. Matthieu brauchte die Augen nicht zuzukneifen. Er schritt auf die Tür zu. Er sah den Portier dastehen, prächtig, goldbetreßt wie ein Admiral, hochaufgerichtet, die Hand an die Mütze gelegt – – –
»Wir trennen uns hier«, sagte der Mann, »ich bleibe zurück. Sie müssen die Treppe hinaufgehen.«
Der Angeredete blieb eine Weile unschlüssig stehen, überlegte, ob er seinem Begleiter ein Trinkgeld schulde, fuhr sich mit der Hand in die Tasche, begriff, daß er kein Geld bei sich hatte, errötete.
»Sie müssen die Treppe hinaufgehen«, wiederholte der Portier.
Matthieu, noch immer verwirrt, machte zögernd ein paar Schritte, kam in einen geräumigen Flur. Er wollte den stattlichen Mann noch etwas fragen, sich entschuldigen; aber die Tür schlug zu.
»In jenem anderen Hause hätte ich die Treppe auch ohne Belehrung hinansteigen müssen«, dachte der Alleingelassene flüchtig.
Dann überließ er sich dem, was er sah.
Zuerst betrachtete er die Lampe. Sie war dreiarmig angeordnet, ein Leuchter, der drei Kerzen mit lebenden rötlichen Flammen hielt; das messingne Gestell

war mit geschliffenen Glasfiguren und Prismen behängt, rauchfarbenes Bleikristall, das glitzerte und hie und da das Licht regenbogenfarbig machte.
Der Grundriß des Flurs war ein längliches Achteck. Die Treppe zum oberen Stockwerk war zur Hälfte gewendelt und hatte ihre niedrigsten Stufen im Hintergrunde. Es führte auch eine Treppe abwärts, mit ähnlich reich geschnitztem Holzgeländer wie die ansteigende, so daß es den Anschein erweckte, man befände sich nicht zur ebenen Erde. – – – Die Wände überzogen farbig getönte Stuckornamente – als ob ein Baumeister der Barockzeit das Haus errichtet hätte.
Matthieu wurde es wohl ums Herz. Außer der Eingangstür konnte er keine Öffnung in den Mauern entdecken. Er erwog zu prüfen, ob die Tür hinter ihm verschlossen worden war; er beschied sich, es nicht zu tun.
Als er die aufwärts führende Treppe gemächlich hinanstieg, hatte er keinerlei Vorbehalte mehr – was auch immer ihm begegnen mochte. Er verwunderte sich nur, daß sein Herz unerregt schlug, als ob es nichts zu erwarten gäbe. Ein Balg aus totem Leder wäre so gleichmütig gewesen wie sein lebendiger Leib.
Der obere Flur glich in allen Einzelheiten dem unteren. Es gab auch hier nur eine Tür – und die Treppe wiederholte sich, so daß Matthieu zweifelte, ob er sich überhaupt bewegt hätte. Er öffnete, um sich Gewißheit zu verschaffen, die Tür, durch die er, falls er sich nur träumend bewegt hätte, hereingekommen sein müßte.
Aber keine Schwärze flutete ihm entgegen, vielmehr

Duft, Wärme, an Gold und Farben gebrochenes Licht. Er sah einen festlichen, reich ausgestatteten Raum; vor allem aber einen jungen hübschen Menschen, einen Groom in grauer Uniform.

Der Groom verneigte sich, griff nach Matthieus Hut, machte ein paar Handbewegungen, um ihm den richtigen Weg zu zeigen, sagte mit heller, reiner Stimme, als ob er nicht fünfzehn Jahre alt wäre:

»Willkommen, mein Herr!«

Matthieu verwunderte sich nicht; er schaute nur mit Wohlgefallen auf die anmutige Gestalt.

»Wie heißt du?« fragte er.

»Franz, mein Herr – oder Eselchen; so nennt man mich auch, weil ich grau gekleidet bin.«

»Ich bin hier fremd –. Eselchen, das ist ein guter Name«, sagte Matthieu. Er sprach nicht weiter; er fühlte sich befangen und hilfebedürftig. Er wiederholte halblaut: »Ich bin hier fremd.«

»Ich weiß es, mein Herr. Verlassen Sie sich auf mich. Ich werde Ihnen zur Seite stehen, damit Sie nichts falsch machen. – Außerdem: es gibt in diesem Hause keine Regeln. Jeder benimmt sich, wie es ihm gefällt. Sie können mir zum Gruß die Hand geben oder mich küssen oder mir die Litewka aufknöpfen. Ganz nach Neigung oder Eingebung. Daran nimmt niemand Anstoß.«

Matthieu antwortete nichts. Er betrachtete den Jungen. »Er hat in der Tat einen hübschen Mund«, stellte der Ältere fest. Aber er fand doch, daß das Hübscheste das üppige gelbblonde Haar war, auf dem die graue Wollkappe so schief saß, daß es verwunderlich blieb,

warum sie nicht herabfiel – und sie war durch kein Band gehalten. Matthieu berührte das Haar in plötzlicher Zärtlichkeit.
»Sie haben schon etwas gelernt, mein Herr«, sagte der Groom, »Sie tun, was Ihnen eingegeben wird. Sie hätten mich nur fester streicheln sollen – wie ein tierisches Eselchen.«
Matthieu überlegte, ob er antworten solle. Er hatte gesehen, daß die hellen Augen des Jungen freudig aufleuchteten, dem angeblasenen Feuer vergleichbar – und gleich darauf wieder erloschen und grau wie Asche wurden.
»Schade – diese Anmut vergeht schnell«, Matthieu sagte es sehr leise.
»Sie ist schon vergangen, mein Herr, denn gestern war sie anmutiger, und vorgestern wieder anmutiger, und vorvorgestern wiederum anmutiger – und so fort, zurück bis zum Anfang vor vielen Monaten –«
»Nein«, sagte Matthieu kurz, »noch bist du hübsch.«
Er zog seinen Mantel aus.
»Sie werden belehrt werden, mein Herr«, sagte der Groom, indem er das Kleidungsstück nahm und in einen Nebenraum forttrug.
Eine Weile war Matthieu allein. Er stand auf einem blanken Parkettfußboden. Er drehte sich einmal um sich selbst, langsam, um gewisser festzustellen, wo er sich befand. Im ersten Augenblick hatte er nur den diffusen Eindruck von Gold und Farben gehabt; sogleich hatte die liebliche Erscheinung des Grooms seine Sinne gefangengenommen, so daß das Bild des Raums unvollendet in ihm geblieben war; jetzt sah er,

daß an den mit Kattun bespannten Wänden große Gemälde hingen, die von der Decke herab bis fast auf den Fußboden reichten. Es waren Landschaftsdarstellungen in grünen, braunen und blauen Farbtönen, von prächtigen goldenen Rahmen eingefaßt. Vor den Gemälden standen gepolsterte, blauseiden bezogene kurze Bänke auf gedrechselten vergoldeten Füßen. Ein Prismenkronleuchter, reicher und größer als die der Treppenflure, erleuchtete den Raum.

Matthieu wollte sich schon auf eine der Bänke setzen; doch der Groom Eselchen kam zurück. Matthieu entdeckte jetzt einen leichten blonden Flaum über den üppigen, wie geschwollen anmutenden roten Lippen des Burschen, den verführerischen Zwiespalt zwischen kummervollem Werden und Vollendung – und lächelte.

»Ich möchte deine Hände sehen«, sagte er unvermittelt; »dein Gesicht kenne ich jetzt.«

Der Junge kam heran und zeigte seine Hände vor; zuerst die inneren, dann die äußeren Flächen. Matthieu betrachtete genau, griff nach den Händen, hielt sie, drehte sie nach links und rechts.

»Du bist ein brauchbarer Mensch«, sagte er dann, »du hast gute Hände. Sie sind klar, einfach, angenehm, von schöner Form – weder zu lang noch zu grob.«

»Gestern waren sie angenehmer, mein Herr, vorgestern noch angenehmer, vorvorgestern abermals angenehmer – und so fort, zurück bis zum Anfang vor vielen Monaten –«

»Du bist ein närrisches Eselchen«, sagte Matthieu und ließ die fremden Hände aus den seinen.

»Sie werden belehrt werden, mein Herr«, sagte der Groom; »aber ich bin Ihnen nicht gram, weil Sie Vorteilhaftes von mir denken. Denn das Zulässige und das Schlimme sind von der gleichen Substanz ausgegangen, vom Fleisch. Die tote Entsagung beginnt erst im Unwirklichen. Alles Wirkliche ist wahr. Das Sichtbare trügt nur oberflächlich. Das Unsichtbare ist nicht zu überprüfen. Es entzieht sich. Das Entzogene ist die Ursache unserer Angst.«
»Sind das deine Worte?« fragte Matthieu erschrocken. Der Junge lächelte und stülpte dabei seine vollen Lippen noch weiter vor als beim Sprechen.
»Alle Worte sind alt. Wem gehören sie überhaupt? Sie haben eine Bedeutung, die nur wenig ausrichtet. Uns selbst gehört immer nur das Leben. Die Beschäftigung ist unser Verzicht. Wissen Sie es nicht?«
Matthieu war es, als würde er von Eishänden berührt. Er versuchte, was ihm hier begegnete, abzuschütteln. Aber die sonderbare Dimension, in die er geraten war, haftete an ihm; es war plötzlich eine frostige Nähe.
»Weshalb eigentlich bin ich hier?« fragte er zerstreut.
»Sie haben mit mir geredet, mein Herr«, antwortete der Groom, »vor einer halben Stunde kannten Sie mich noch nicht, wußten nicht, daß es mich gab. Sie ahnten nicht, daß ich diese Gestalt bin und diese Beschaffenheit. Aber Sie wissen immer noch wenig von mir, denn Sie haben mich nicht geküßt, mir nicht die Litewka aufgeknöpft. Vielleicht sind meine Lippen gefrorenes Quecksilber und meine Brust – –«
»Man soll nicht derart abscheulich mit Worten spie-

len«, unterbrach Matthieu; »rote Lippen sind warm; das hat man erfahren. Ich weiß, daß rote Lippen – daß die Brust eines Menschen – – Es ist das Sicherste –«
»Mein Herr, bitte, vergessen Sie das Gespräch! Und verzeihen Sie mir die Ungehörigkeit! Ich habe mich Ihnen gegenüber zu weit vorgewagt. Unsinnig habe ich geredet. – Ich werde Sie jetzt der Dame des Hauses melden.«
»Ja«, sagte Matthieu, und er spürte, daß der Eishauch von ihm wich, »deshalb bin ich gekommen. Das war mir entfallen.«
Der Groom öffnete den einen Flügel einer breiten Tür in der Mitte zwischen zwei Bildern mit mächtigen Bäumen, Hunden und archaischen Ruinen. Er sprach in das benachbarte Zimmer hinein: »Herr Matthieu ist angekommen.«
Matthieu erinnerte sich nicht, seinen Namen genannt zu haben; aber er war es zufrieden, daß er ohne sein Zutun einen Teil seiner Anonymität verloren hatte. – Er hörte eine Frauenstimme, die dem Groom antwortete: »Ich lasse bitten.«
Er trat durch die Tür ein, die Eselchen für ihn überweit öffnete und hinter ihm schloß.
Ihm schien sogleich, er war falsch gegangen – oder erst in einem Vorraum. Er hatte die Stimme gehört –; aber er sah niemand. Dabei war das Zimmer leicht zu überblicken – rechteckig, nur mit wenigen Möbeln ausgestattet. Es gab ein paar Stühle, ein Ruhebett, eine Stehlampe, einen großen Teppich; – doch weder Tisch noch Schrank. Außer der Tür, durch die er eingetreten war, schien es keine zweite zu geben.

Er räusperte sich. Aber der Laut bewirkte nichts. Matthieu schritt nun über den Teppich bis in die Mitte des Zimmers. Ihm fiel auf, daß es offenbar keine Fenster besaß, und er entsann sich, daß das Treppenhaus und der Raum, in dem er sich mit dem Groom unterhalten hatte, die gleiche verwunderliche Abgeschlossenheit von der Außenwelt gezeigt hatte. Er versuchte, eine Erklärung für diese Ungewöhnlichkeit zu finden. Aber seine Überlegungen hatten kein Ergebnis.
Plötzlich öffnete sich die Wand – vielmehr: – eine Tapetentür in der Wand, auf die Matthieu gerade starrte, wurde geöffnet. Er wich einen Schritt zurück, weniger erschrocken als überrascht. Eine Frau, jugendlich, mit einem langen grünseidenen Gewand bekleidet, lächelte ihn an. Sie blieb einen Augenblick in der Tapetentür stehen, gleichsam darauf wartend, daß sich das Erstaunen Matthieus verflüchtige. Auch als sie den ersten Schritt auf ihn zu getan – und die Tapetentür sich langsam, wie von einem Wind bewegt, geschlossen hatte, blieb das Lächeln, das nichts Eigentliches ausdrückte, in ihrem Antlitz; und sie sprach nichts.
Matthieu verbeugte sich; doch diese Geste wurde nicht angenommen oder nicht bemerkt; – sie wurde mit nichts erwidert. Er versuchte alsbald, indem er sich nochmals verneigte, seine Anwesenheit zu begründen, nannte den flüchtigen Anlaß auf der Straße und was ihm sonst an Zufällen auszusprechen tauglich schien. Er empfand dabei, daß seine Darstellung nicht mehr ergab als wenig, zumal er die Karte, die ihm der

Portier gegeben hatte, nicht erwähnte, da er sich schämte, sie nicht mehr zu besitzen.

»Schweigen Sie doch vom Nebensächlichen, Matthieu«, unterbrach ihn die Frau; »ich bin Elvira; das ist Erklärung für alles. Da ich zu niemand gehe, muß man zu mir kommen. Vergessen Sie einstweilen Ihre Reise und woher Sie angelangt sind. Ihre Erinnerung daran ist sowieso falsch. Sie wollen Ihrem Vorhaben eine Absicht geben und das Vergangene derart ordnen, daß es sinnvoll wird. Das ist ein hübsches Spiel – nichts weiter. Sie haben obenhin gelebt; das heißt: Sie haben sich in Ihrem Körper eingerichtet. – Ob Sie dabei freilich viel Geschmack entwickelt haben, bezweifle ich. Wenn man Sie betrachtet, vermutet man jedenfalls sogleich, daß Sie nicht wissen, wo in Ihnen das Bett steht.«

Matthieu versuchte zu lachen; es gelang nicht.

»Ich empfinde mich selbst nur wie im Nebel, undeutlich, ausdruckslos – als ob ich ein betäubendes Gift geschluckt hätte. Meine Vergangenheit ist schon so lückenhaft, daß mir schaudern müßte, wenn ich bei vollem Verstande wäre –« Er dachte es, er sprach es nicht aus. »Sie sind ungeschickt«, sagte Elvira, »ich möchte Sie daran erinnern, daß Sie meine Karte erhalten und gelesen haben. Nun – weshalb sind Sie hier?«

»Um Sie zu sehen, Elvira«, sagte er kurz.

»Das ist der erste vernünftige Satz, den Sie sprechen, Matthieu. Für 50 Fr. bekommt man einen Menschen zu sehen, gleichgültig wie die Stadt heißt und wo sie sich befindet; – ob es Tag oder Nacht ist.«

Sie klatschte in die Hände. Sogleich erschien der Groom Eselchen in der Tür.
»Ist es so weit?« fragte er.
»Anrichten«, sagte Elvira und klatschte noch einmal in die Hände.
Eselchen kam herein, nahm zwei Stühle, die an der Wand standen, und stellte sie mitten im Zimmer auf den Teppich.
Er trug auch die Stehlampe herbei. Dann huschte er durch die Tür zurück, um schon in der nächsten Sekunde einen fahrbaren Tisch hereinzuschieben, auf dem Eßgeräte, Gläser und Sandwiches angeordnet waren.
»Sie trinken Sekt, vermute ich«, sagte Elvira.
Sie wartete die Zustimmung Matthieus nicht ab, sondern befahl dem Groom, sogleich eine Flasche zu bringen.
Als auch der Wein bereitgestellt war, entfernte sich Eselchen, und Elvira und Matthieu setzten sich an den Tisch, einander gegenüber, von der Stehlampe beschienen.
Erst jetzt betrachtete Matthieu die Frau genauer; auch sie schaute auf ihn, freilich ohne Aufdringlichkeit. Er hingegen verbarg seine herausfordernde Neugier nicht.
Ihm schien Elvira von Minute zu Minute jugendlicher zu werden. Bei ihrem Erscheinen in der Tapetentür hätte er ihr Alter auf dreißig Jahre geschätzt. Nun nahm er davon ein paar Jahre ab. Als er ihr Antlitz eine Weile bestarrt hatte – mit ungehöriger Beharrlichkeit –, war es ein Jahrzehnt geworden. Dies Antlitz, er

hätte es gewiß in jenem ersten Augenblick anmutig genannt, erschien ihm jetzt als von außerordentlicher Schönheit. Er glaubte zu erkennen, daß Elvira eine Schwester des Grooms sein müsse, doch um ein Vielfaches lieblicher als der hübsche Junge. Matthieu vernarrte sich in den Mund, der, ein wenig geöffnet, ihm voll zugewandt war, sich gleichsam entblößte, ohne sich anzubieten. Anfangs hatten sie einander nicht in die Augen geschaut. Jetzt begegneten sich ihre Blicke. Matthieu senkte den Kopf und betrachtete Elviras Hände. »Es sind Eselchens Hände. Sie ist die Schwester.« Seine Verwirrung nahm zu. Er sträubte sich dagegen, von einer Leidenschaft besessen zu werden. Aber seine Gedanken waren schlechte Verteidiger gegen ein Verlangen, das tollkühn, übermächtig sein Wesen durchdrang.
Elvira half ihm, den Tumult noch einmal zu beschwichtigen. Sie fragte ziemlich nachlässig:
»Bin ich, Ihrer Meinung nach, Matthieu, zu stark geschminkt?«
Er hob betroffen den Kopf. In der Tat, ihr Gesicht war von einer stofflichen Schicht bedeckt, vom Hauch einer Form, die nicht ihre Haut war. Und er hatte es bis dahin nicht bemerkt. Es gab ihm eine Ernüchterung, die freilich keinen Bestand hatte. Er antwortete nichts. Sie legte ihm ein paar Bissen vor. Das veranlaßte ihn, die Gläser zu füllen.
»Ich verspüre keinen Hunger«, sagte er.
»Wem Essen und Trinken nicht mundet, ist in einer Gefahr, ob er es wisse oder nicht«, sagte sie.
Er schwieg. Sie tranken einander zu. Matthieu stellte

fest, daß ihm der Geschmack fehlte; jedenfalls verspürte er das Prickeln des Weines nicht. Verwirrt schob er einen Bissen in den Mund; auch dabei empfand er nur seinen eigenen Speichel – oder die schwachsalzige Zugabe von Blut. Ihm war, als ob sein Magen nicht vorhanden wäre. Er aß nicht weiter.
»Schmeckt es Ihnen nicht?« fragte Elvira.
Erst log er, daß er Wein und Speise vortrefflich fände –; dann gab er zu, daß es in seinem Munde fade sei.
»Nach Soda schmeckt es mir – nach Soda«, sagte er zu seiner eigenen Verblüffung.
»Das tut mir leid«, entgegnete sie gleichmütig, »ich schließe daraus, daß die Gefahr, in der Sie sich befinden, groß ist – bedrohlich für Ihr Leben. – Die Speisen sind so vorzüglich, wie sie aussehen. Und der Sekt ist besser als Eiswasser.«
»Diese kleine Behinderung unter meinem Gaumen ist doch gleichgültig –« Er versuchte sich zu beruhigen und der Gastgeberin das Unbehagen, das sie empfinden mußte, zu zerstreuen. Beides schien zu gelingen; jedenfalls nötigte sie ihn nicht mehr, zu essen und zu trinken; – sich selbst, die Enttäuschung seiner Zunge, vergaß er bald. Sogar das Wort von der Gefahr verschlechterte sich zu etwas Weggeworfenem.
Er betrachtete Elviras Kleid, die olivgrüne Seide und den Schnitt. Die Schleppe sah er nicht, weil man zu Tische saß. Das eng anliegende schlichte Oberteil verriet ihm einen ebenmäßigen Wuchs des Körpers, eine Vollendung, zu der er keinen Vergleich wußte. Den Hals, weiß, voll weicher Schatten, umschloß ein hochstehender Kragen, der sich nach vorn steif öffnete

und in einen unauffälligen Spalt überging, der sich unterhalb der Brüste verlor. Es war nur eine Andeutung von Spalt, mit Stoff unterlegt. Da aber die Phantasie Matthieus bewegt worden war, fand er die Anordnung des Stoffes kongruent mit seinen Wünschen. Der Zuschnitt verhieß ihm etwas, befeuerte seine ein wenig erschreckte Leidenschaft und machte seine Rede kühn.

»Darf ich mich an Ihre Seite setzen, Elvira?« fragte er und errötete.

»Da Sie zu essen und zu trinken aufgehört haben, ist es natürlich, daß Sie den Wunsch haben«, antwortete sie. Bei diesen Worten schlug sie den Kragen des Kleides zurück; der gefaltete Spalt öffnete sich dabei so leicht, als würde nur ein loser Schleier beiseitegeschlagen. Und die ebenmäßigen Brüste Elviras wurden sichtbar. Mit unbeschreiblicher Sorgfalt schien eine gütige Schöpfung sie gebildet zu haben – ihr langsames Wachsen behütend, keine geheime Vollkommenheit der Bestimmung auslassend oder übereilig eine äußere Anmut oder zärtliche Prägung vergessend.

Matthieu sprang auf, verwundet von einem Taumel, scharf wie ein Dolch. – Es war ein Stoß, ihm mitten ins Fleisch hinein, und er spürte das Aufklaffen und den Bluterguß.

»Elvira!« schrie er verzückt, halb ohnmächtig, »– Elvira –. Diese Erfüllung habe ich gesucht –; diesen Traum, den ich ohne Ihre Hilfe nicht träumen konnte. –«

Er verlor die Gewalt über sich, eilte an ihre Seite, streckte die Hände nach ihr aus.

»Sie werden mich nicht berühren, Matthieu«, sagte sie, »nicht jetzt. Sie werden mir zuhören, auch, wenn Sie ungeduldig sind.«
Zum ersten Male gab es in ihrer Rede ein Nebengeräusch; sie räusperte sich. »Was Sie sehen, Matthieu, ist Schminke, nichts Natürliches – etwas Wächsernes, nur die Form der Form – doch weder ihre Farbe noch ihr eigentlicher Reiz. Der Mensch ist anders. Ich bin eine andere, als ich scheine. Auch Franz ist ein anderer. Sie werden die Ihnen geläufige Wirklichkeit in dieser Stadt kaum antreffen; – als sonderbare, verkommene Ausnahme vielleicht – oder gar nicht. Man täuscht Sie eine Weile; dann erhalten Sie den Schlag, der Sie betäubt. Es ist dieser Augenblick.«
Sie klatschte in die Hände wie vordem. Und wieder erschien der Groom, das Eselchen, das Brüderchen oder wer er sein mochte, in der Tür.
»Komm heran, Franz«, sagte Elvira. Er trat nahe zu ihr; sie legte einen Arm um seine Hüften.
»Hat dich Herr Matthieu geküßt?« fragte sie.
»Nein«, antwortete der Groom.
»Hat Herr Matthieu dir die Litewka aufgeknöpft?« fragte sie.
»Nein«, antwortete er.
»So will ich es tun, damit dieser Herr nicht dumm bleibt.«
Sie riß dem Jungen mit der freien Hand die graue Uniform so gewaltsam auf, daß Matthieu glaubte, alle Knöpfe müßten abspringen oder der Bursche werde hinstürzen. Sie zerrte an ihm wie an einem ungefügen Gegenstand.

Wahrscheinlich trug Eselchen kein Hemd.
Matthieu schrie laut auf, wich von der Gruppe zurück.
Der Körper des Grooms war schwarz. – Nicht dunkel wie der eines Negers, violett oder olivengrünbraun glänzend, auch nicht verfinstert wie Ebenholz, sondern schwarz wie Ruß, matt und schwarz, ein Stück menschgeformte duffe Kohle. Über der Brust aus Schwärze saß der lichte Kopf, das gelbe Haar –; und Matthieu erkannte, das anmutige Bild, der hübsche Mund – war Farbe, eine Fälschung. Das Wesen war schwarz wie das Nichts, ein Loch in der Gravitation, Existenz ohne Gestalt.
»Die Lippen sind gefrorenes Quecksilber«, sagte Elvira.
Sie bedeckte die offene Brust des Jungen, knöpfte die Litewka wieder zu, schaute auf den entsetzten Matthieu, der entschlossen war, zu entweichen, doch aufs neue vom Bild Elviras bezaubert wurde.
Auch das Antlitz des Grooms, soeben noch wie die erstarrte Nachbildung in einem Panoptikum, erhielt lebendige Gefälligkeit zurück. Der Mund öffnete sich halb, lächelte, erwachte wie aus der Todesstarre, wurde dem Elviras ähnlich.
»Ich habe die Ruchlosigkeit nicht begriffen. Ich liebe das menschliche Geschöpf –« Matthieu sprach kaum verständlich. Er näherte sich dem Groom, wollte dessen Lippen betasten; aber er wagte es nicht.
»Sie kennen die Wirklichkeit nicht; das behindert Ihren Geist. Was wäre wohl leichter, als dies zu begreifen? Das Zebra ist weiß und schwarz gestreift, und Ponys gibt es, schwarz und weiß gefleckt, als

wäre ihr Fell eine Landkarte mit Meeren und Erdteilen
– und es sind beides Pferde, der Gestalt nach. Wir sind
der Gestalt nach Menschen; aber in unserer Abart ein
Traum, ein schwarzer Vorhang vor uns selbst. Die
großen nächtlichen Felder erstaunen nicht über Weißes und Schwarzes. Wer dort liegt, tot oder zwiefach
in der Begattung, ist dunkel.«
»Ich bin einverstanden«, antwortete Matthieu auf die
Rede Elviras, »ich sehe die Felder und die Toten
darauf und die Überquellenden und die nackte Erde
und die mit Gras bewachsene Erde – – – und daß dies
doch nicht vorhanden ist, weil es entrückt, entzogen
und vernichtet ist.« Er dachte nicht mehr daran, zu
fliehen. Elvira gab den Groom aus ihrem Arm frei. Er
schritt still hinaus. »Bitte, Elvira, gestatten Sie mir,
daß ich Sie küsse«, flehte Matthieu.
Sie spitzte die Lippen und sagte ohne jedes Wohlwollen, gleichgültig: »Ich verweigere mich nicht; – aber
ich entziehe mich gern den nur flüchtigen Berührungen. Das mag Ihnen frivol erscheinen. Ich habe nur
wenig Seele; – es ist meine Entschuldigung.«
Matthieu fühlte sich abgewiesen. Er suchte alsbald
nach einem vermittelnden Wort; aber seine innere
Verfassung war zu verworren, als daß er eine brauchbare Entgegnung zustande gebracht hätte. Er stieß nur
den Namen der Frau hervor, und es blieb ungewiß,
was der Laut ausdrückte: Verständnislosigkeit, Absage oder ein Übermaß an wilder Regung.
Elvira sprach weiter: »Sie können jederzeit das Haus
verlassen; Sie sind zu nichts verpflichtet. Wer Anstoß
nimmt, hat seinen Teil dahin.«

»Elvira – ich habe keine Vorbehalte –«
»Reden Sie doch nicht, Matthieu, als ob Sie sich ein Fremder wären! Am Ende verhält sich jeder so, wie er es gelernt hat und wie es ihm entspricht. Aber die Stunden richten sich nicht nach uns; das erfahren wir früher oder später gewißlich sehr nachdrücklich.«
»Sie mißtrauen mir, Elvira – zum wenigsten meinem Verstande.«
»Ihr Fleisch ist willig; Ihr Geist schläft. Aber auch das Fleisch kann erschrecken. Jetzt lieben Sie meine Brüste. Daran zweifle ich nicht. – –«
Sie wandte sich der Tapetentür zu.
»Ich muß mich abschminken und ein wenig vorbereiten. Wenn ich für Sie bereit bin, lasse ich es durch Franz ausrichten.«
Sie verschwand. Nicht einmal ein Duft blieb zurück. Matthieu war bestürzt, doch zugleich von unausdrückbarer Hoffnung erfüllt. Nicht das Verlangen war das mächtigste Gefühl in ihm, sondern die Gewißheit, daß kein Begehren an die Erfüllung heranreichen würde. Eine sonderbare Leere in seinem Kopfe freilich beunruhigte ihn. Seine Gedanken waren wie die Bruchstücke von Gedanken, kein erkennbarer Zusammenschluß vernünftiger Vorstellungen. Es war wie ausgelöscht, woher er kam – und jede Absicht, die sich auf eine fernere Zukunft bezog, verflüchtigte sich. Selbst die Gegenwart eines ungeduldigen Wartens zerlöste sich zu einem ziellosen Hinnehmen. – Der Groom – seine Gestalt huschte flüchtig durch Matthieus Vorstellung – hatte keine Bedeutung mehr, keinen Zweck in Matthieus Wirklichkeit. Er sah den

Jungen, sofern man von innerem Sehen sprechen konnte – wie eine schräg dahinschwebende leichte Figur – vergleichbar einem übergroßen Gasballon für Kinder; – die Livree, weder fest noch durchsichtig, ein grauer Schatten.

Er ärgerte sich, daß er zählte – sein Hirn zählte – und daß die Zahlen eine Art dumpfen Ton hervorbrachten. – Selbst Elvira – – Er starrte auf die Tapetentür, versuchte das Bild, das dahinter verschwunden war, nachzumalen. Es gelang inmitten der nicht abreißenden Zahlenkette nur unvollkommen. Er spürte schließlich nur ein dunkles Aufbegehren, eine äußerste Forderung des in ihm beschlossenen Lebens. Dabei verwandelte sich die Summe der Zahlen und seines Wesens in eine kahle Willensstarrheit, als wäre er ein Irrer, der eine einzige Regung begafft und zu einem Weltenraum erweitert.
Er war allein. Jene erhabene männliche Gestalt, die er noch vor kurzem mit aufdringlicher Schärfe begriffen hatte, war fort. Er gedachte ihrer nicht mehr, erinnerte sich nicht der gütigen Wärme des zweiten Körpers, der sich seiner angenommen hatte. Er entsann sich des eigenen gehaltvolleren Seins nicht, das mit dem anderen, wer er auch sei, auf gültige Weise verbunden gewesen war.
Er war, aus irgendeinem Schimmer fort, hierher verstoßen worden – in diese neue, unbekannte Sehnsucht. Er rief niemand. Er wußte keinen Namen. Er rief keinen Namen.
Es wurde gegen die Tür geklopft. Der Groom Esel-

chen kam herein. Sein Gesicht war kühl, ohne Zweideutigkeit und doch ein Rätsel, weil es in dieser nächtlichen Luft nicht das eigene war, sondern nur ein Hauch papierdünner Schminke. »Durchschimmernd wie Blattgold gegen die Sonne gehalten – grün. Aber ich erkenne dahinter nichts Eigentliches.« Das empfand Matthieu.
Eselchen bewegte sich auf ihn zu und sagte: »Elvira erwartet Sie, mein Herr.«
»Ja«, antwortete er hastig und wandte sein Gesicht vom Groom ab nach der Tapetentür. In der Tat schritt Eselchen darauf zu und öffnete sie. Er streckte den einen Arm einladend zu Matthieu aus. Der bewegte sich, eilte, hörte, daß er in der Mauer mehrere Stufen hinansteigen müsse, stieg hinan, stand vor einer zweiten Tür, gewahrte, daß sich die Tapetenwand schloß, denn es wurde ganz finster.
Er klopfte an, horchte, hörte nichts. Klopfte abermals, erhielt keine Aufforderung, einzutreten. Aber er trat ein. Als erstes sah er sich selbst, der auf ihn zukam, eine Tür hinter sich schließend. Und dann, erkennend, die vollendete Symmetrie des Zimmers: einen Raum, in der Mitte durchschnitten und danach auf imaginäre Weise wieder zum Ganzen erweitert. Denn die Wand, ihm gegenüber, war aus Glas – ein einziger Spiegel, der die Gegenstände und das Geschehen verdoppelte. So sah Matthieu den Alkoven zuerst hinter der Glaswand, gleichsam in einer anderen Welt, die nicht betretbar war, im Unwirklichen. Und während er darauf zuschritt, entfernte er sich – sein zweites Ich – von seinem Ziel.

Einen Augenblick lang war Matthieu verwirrt. Doch dann stand er an der riesenhaften Scheibe, sich selbst gegenüber, zum Berühren nahe, ohne sich berühren zu können – betrachtete sich, beklopfte das Glas. »Ich bin es«, sagte er, »zum wenigsten scheine ich es.«
Alsbald kam ihm eine Erinnerung, freilich so kurz nur, wie jener Stoß es ist, mit dem man erwacht, wenn ein plötzlich stockender Puls den tiefen Schlaf zerstört und eine angstvolle Ungewißheit als einziger Beweis der Bedrohung zurückbleibt. »Dünner als Seidenpapier, das bin ich auf jener spiegelnden Schicht. Die Engel haben keine Krawattenkästen in ihren Schubladen, um uns darunter, zusammengefaltete ausgeschnittene Figuren, aufzubewahren, wenn wir einmal ihr Spielzeug waren – denn sie sind nackt. Aber Spiegel besitzen sie. Dahinein pressen sie uns, dünn wie ein Gedanke zwischen zwei Buchseiten – sofern etwas von uns bleibt. GARI – nicht zu Seidenpapier – nicht so dick wie Seidenpapier ist unsere Verwandlung. Tausend und aber tausend Schatten lagern in einem einzigen Spiegel. Alle denkbare Gestalt – auch die unsrige – sofern sie uns einmal berührt haben als ihnen wohlgefällig –«
Es war, als ob ein anderer gesprochen hätte. Der Name hatte sich gefunden. Der Spiegel gab den Namen heraus, doch nicht die Gestalt des Namens. Matthieu suchte den zweiten Schatten, den Schatten außer ihm. Er betrommelte das Glas kräftiger. Der Augenblick war vorüber. Der Name war genannt worden. Und wurde wieder vergessen, weil die Gestalt sich entzog.

Matthieu wandte sich von der unbetretbaren Welt ab, schritt auf den Alkoven zu, auf den wirklichen, nicht auf den erspiegelten, der in ziemlicher Breite und Tiefe in der Mauer ausgespart war. Das Lager darin war mit hellrotem, man könnte auch sagen: mit dunkelrosa Samttuch und seidig glänzenden Kissen und Decken der gleichen Farbe ausgestattet. – Elvira freilich sah Matthieu nicht, wie er erwartet hatte; – wohl aber ein Aufgebauschtsein der Decken, das eine hingestreckte menschliche Gestalt darunter andeutete.
»Sie verbirgt sich noch«, dachte er, trat an die Bettkante und sagte laut: »Elvira, ich bin es.«
»Ich bin es auch«, wurde ihm gedämpft geantwortet.
Er setzte sich auf einen Hocker neben dem Lager, betrachtete den unbeweglichen Bausch, voll unsäglicher Erwartung, doch vor Schüchternheit fast gelähmt.
Er wollte weitersprechen, doch jedes Wort schien ihm nichtig. Er wartete auf eine Bewegung – auf eine Überraschung, wie sie seinem Dasein noch nicht beschieden gewesen war – auf den Ausbruch einer unbegrenzten Empfindung – auf ein gewaltiges Vorspiel und einen Rausch zugleich – auf Duft, Gefühl, Ohnmacht und schmerzlose Beruhigung – auf die größte Ausdehnung seines Wesens.
Endlich schien ihm das Warten müßig und bald darauf sogar schal. Ihm war, als ob Elvira gar nicht, eingehüllt, neben ihm sei. Seine Erwartung war auf der Flucht. Sogleich trieb es ihn, die bedrohliche Wendung in seinem Glücksgefühl ungeschehen zu machen,

die Stunde nicht an eine geringere preiszugeben. Er faßte die Decke und zog sie mit einer raschen Bewegung fort.
Er sah Elvira. Er hatte erwartet, daß sie nackt sei. Und sie war es. Aber sie glich dem Groom Eselchen, ihrem Bruder – oder wer er sein mochte –, in der Schwärze. Schwärze ohne Glanz und Schatten, die nichts ausdrückte, auch die Formen des Körpers nicht. Matthieu war es ein paar Sekunden lang, als ob er in ein Loch starre oder jenseits des Spiegels sei, einem Schatten ohne Ursache gegenüber.
Nur allmählich versöhnten sich seine Augen mit diesem Leibesstoff wie Holzkohle. An den Lippen bemerkte er, gemalt, einen rötlichen Schein, ein Rot unter Grau und Grün erzeugt, wie Glut unter Asche – und den gleichen Anflug von staubigem Leben am lendenwarmen Ort der Schenkel – ein fernes, abstraktes Bild kühner Imagination. Matthieu konnte es nicht mehr denken, die Gestalt zu berühren; – nicht mehr und noch nicht wieder. Seiner Vorfreude folgte die Leere; – nur ein Verwundern, eine eisige Feststellung; – nicht einmal Enttäuschung.
Er versuchte genau zu prüfen, was ihm widerfahren war. Er betrachtete die Brüste mit vorgebeugtem Oberkörper und fand sie denen Elviras nachgebildet, doch ins Schwarze entrückt, entfleischt, entsinnlichter, als wären sie aus rissigem, ausdruckslosem Bimsstein.
»Elvira – ich bin Matthieu –« sagte er endlich gegen die geschlossenen Augenlider, um im reglosen Körper eine Bewegung hervorzurufen.

»Die Königin empfing ihre Amants in einem Bett, das mit schwarzem Samt bezogen war, denn sie hatte eine übermäßig weiße Haut. – Ich habe eine andere Farbe wählen müssen.«
Sie bewegte sich nun, geschmeidig wie ein Tier, streckte die Hände nach ihm aus, warf sich ihm entgegen, erfüllte den schwarzen Raum ihres Leibes mit der Pracht des Lebendigen. Das Nichts an Farbe wurde begreifbar – eine durchdringende Verheißung. Die Augen Elviras blieben geschlossen.
Matthieu, der zurückgewichen war, näherte sich wieder der Gestalt, die sich mit verlangender Gewalt entfaltete. Er kniete neben dem Bette hin, einverstanden mit Elvira und sich. Das Wirkliche war zwiefaches Fleisch.
»Alle meine Empfindungen sind sonderbar rückständig«, sagte er, »es gelingt mir nur schwer, die Gegenwart zu berühren. Aber jetzt, wenn ich die Hände ausstrecke, um dir ganz nahe zu kommen, wird mir der Augenblick zufallen – dieser Augenblick. – Ich liebe deine Schwärze; – dich in deiner Schwärze liebe ich.«
Da öffnete sie die Augen. Sie blickten einander an. Matthieu war es, als ob er schmerzlos erblinde. Er erkannte nicht, ob auch die Augen Elviras schwarz wie Höhlen oder von irgendeiner Farbe waren. Er schaute ins Nie-Dagewesene, Nie-Vorgestellte, Nie-Werdende, das bewegungslos jenseits von Gestalt und Stoff, Freude und Trauer verharrte.
»Nein«, sagte er bestimmt, zog die ausgestreckten Hände wieder an sich, »noch nicht.« Und erhob sich von den Knien. Er sah Elvira nicht mehr. Er hörte nur

ihre Stimme. Einen Ruf. Sie rief dem Groom. Der kam. Matthieu sah ihn in der Spiegelwand durch eine Tür, die er vorher nicht bemerkt hatte, hereinkommen.
Die Stimme Elviras war schwach, aber deutlich. »Gib dem Herrn Matthieu die 50 Fr. zurück. Er mag mich nicht –«
Matthieu entgegnete in das Gesicht des Grooms: »Ich habe dir keine 50 Fr. gegeben. Ich habe niemand 50 Fr. gegeben. Es ist ein Irrtum.«
»Gib sie ihm zurück, Eselchen«, sagte die Stimme Elviras, »er hat sie dir bezahlt. Er braucht sie. Er ist arm. Er besitzt nichts außer diesen 50 Franken.«
»Es ist anders. Es ist ein Irrtum. Der Groom hat mir kein Geld abverlangt. Ich habe ihm freiwillig nichts gegeben.«
»Geleite ihn hinaus, Eselchen – auf die hintere Gasse. Das große Tor ist verschlossen. Höre nicht darauf, was dieser Herr sagt! Tue, was ich verlange!«
»Es ist anders«, sagte Matthieu.
Aber er bewegte sich schon auf die Tür zu, ging hinaus. Der Groom war sogleich an seiner Seite.
»Warum ist dies so?« fragte Matthieu.
»Sie haben mich nicht geküßt, mein Herr. Sie haben mir nicht die Litewka aufgeknöpft – –«
»Und wenn ich es jetzt noch täte, nachdem ich einiges erfahren – und noch mehr versäumt habe? –«
»Sie dürfen es, mein Herr. Aber es verändert nichts mehr. Man geht nicht zurück.«
Es war Matthieu, als müsse er weinen. Doch die Tränen kamen nicht.

»Wenn ich es täte, Eselchen –? – Mir scheint, du bist nicht so gestrenge wie Elvira.«
»Mir ist jeder gleich angenehm. Aber Sie werden nicht zurückgehen. Sie können es nicht. Sie finden Elvira nicht mehr.«
Matthieu blieb stehen. Diesen Augenblick benutzte der Groom, um dem Gast einen 50-Fr.-Schein in die herabhängende Hand zu drücken.
»Nein«, sagte Matthieu, »ich habe dir kein Geld gegeben.«
»Sie werden das Geld brauchen«, antwortete der Groom, »Sie täuschen sich über Ihre Lage. Ihre Taschen sind leer.«
Matthieu befühlte sich. Er steckte den Schein in die Seitentasche seines Anzuges.
»Warum bist du freundlich zu mir, Eselchen?« fragte Matthieu. »Ich habe dir kein Trinkgeld gegeben, ich bin nicht gut zu dir gewesen –.«
»Weil Sie einsam sind, mein Herr.«
»Was weißt du von mir?«
»Ich weiß nichts – nichts von Ihnen, mein Herr; doch die Stunden haben Eigenschaften; – sie bestimmen unser Verhalten –«
»Ist jetzt die schwarze Stunde?«
»Sie ist es nicht, mein Herr.«
»Die Stunde war da.«
»Sie war noch nicht da, mein Herr.«
Matthieu senkte den Kopf, um sein Gesicht zu verbergen. Er dachte an die veränderten Augen Elviras, an die blicklose Leere. Ihn schauderte es. Dann küßte er den Groom. Er empfand nicht, daß die Lippen kühl

waren und fade schmeckten wie nach ungeputzten Zähnen. Er ließ den Kopf auf die Schulter Eselchens sinken, umfaßte seinen Nacken. Die Schleusen in ihm wurden geöffnet; ein Strom von Tränen entfloß seinen Augen; und ein Schluchzen schüttelte ihn heftig wie ein Fieberfrost. Er wußte nicht, worüber er weinte; aber es fiel ihm so leicht, sich ganz einem Schmerz hinzugeben, der keine tiefere Ursache zu haben schien. Als die übermächtige Bewegung sich in ihm verlangsamte, die Tränen versiegten, hörte er den Groom sprechen.
»Wir dürfen hier nicht stehenbleiben. Wir müssen weiter.«
»Ja«, sagte Matthieu, löste sich von Eselchen, versuchte zu erkennen, wo sie sich befanden.
Sie standen auf einem trüb erleuchteten, schmutzigen Korridor, langgestreckt, mit beschädigten Steinfliesen belegt, fensterlos, mit einer Tür im Hintergrund. Darauf gingen sie zu.
Der Groom hielt Matthieu untergehakt wie einen Freund. Matthieu blieb abermals stehen.
»Ich will nicht fort«, sagte er.
»Jeder Wille ist kurz. Jeder Wunsch vergeht«, antwortete der Groom, zog an Matthieus Arm.
Sie erreichten die Tür, kamen auf einen Hof, von irgendwelchen schweigenden Häusern eingefaßt. Ein Torweg führte hinaus in einen zweiten Hof, offenbar dem ersten ähnlich. Und einen dritten Hof gab es. Als sie auch diesen überquert hatten, erkannte Matthieu vier Gestalten, im Kreise stehend, seitlich des Weges, am Eingang der dritten Torstraße. Er schaute die

Gruppe der Dastehenden an. Er meinte sie so weit erkennen zu können, daß er das Äußerlichste ihres Wesens empfand. Ein Bursche, fünfzehn oder sechzehn Jahre, viel Fleisch, stark, ein dunkler Schatten an der Oberlippe. Ein Mädchen, vierzehn oder fünfzehn Jahre alt, viel Fleisch, stark, ein unbewußtes Leben, über den ganzen Körper hin verstreut. Zwei kleinere Burschen, vierzehn oder fünfzehn Jahre alt, zarter als der Älteste, mit behutsamer Haut, heftig im Wünschen, doch ganz in sich eingeschlossen.

»Sie begehren einander; aber sie sprechen belanglose Worte«, dachte Matthieu. Als er und der Groom nahe heran waren, löste sich der Kreis auf. Die vier Gestalten lehnten sich gegen die Mauer, machten sich bewegungslos wie Mumien, wappneten sich gegen die Fremden mit unflätigen Worten, falls man sie ansprechen sollte. Matthieu, vom Groom geführt, ging stumm vorüber.

»Wer sind diese?« fragte Matthieu nach zwanzig oder dreißig Schritten.

»Ich kenne sie nicht, mein Herr. Sie sind meines Alters; aber ich kenne sie nicht.«

»Warum wachen diese, Eselchen? Es ist doch verkündet worden, daß die Stadt schläft.«

»Es ist ihr Leben, mein Herr. Ihr Leben ist gerade so, daß sie wachen und dastehen.«

»Nicht alle schlafen, das wußte ich schon«, sagte Matthieu. Sie blieben stehen. Der Groom löste seinen Arm von dem seines Gefährten.

»Es ist die Straße«, sagte Eselchen, »Ihr Weg, mein Herr, liegt gerade vor Ihnen.«

»Gibt es für mich einen Weg?«
»Ich vermute es«, antwortete der Groom.
Matthieu schwieg eine Weile, suchte nach einer Frage, die er stellen wollte. Als er seinen Mund dem Gesichte des Grooms zuwandte, war dieser nicht mehr da.
»Ich habe hier keinen Willen, der nicht sogleich hintaute.«
Er spürte ein Unbehagen wie nach einer unbedachten Ausschweifung.
»Ich habe doch keiner Begegnung etwas von mir hinterlassen. Ich habe nichts eingebüßt. –«
Er ging, nicht müde, wohl aber entmutigt, den Weg, den der Groom gewiesen hatte. Mit jedem Schritt, den er tat, verdünnte sich die Erinnerung an Elvira, an die versäumte schwarze Freude – an das unvollendete Abenteuer – an Elviras lieblichen Bruder, der unter einer grauen Uniform die schwarze ungeglättete Brust verbarg. Matthieu behielt fast nichts zurück. Ein schwarzer Knopf – das war das Letzte – ein Knopf, matt wie Tuch. Eine Brustwarze aus Holzkohle. Elviras oder Eselchens.
Seine Augen blieben trocken.
»Es wird kalt«, sagte er und schritt aus. Er erkannte kaum noch die Bahn der Straße. Die Häuser beachtete er nicht. Das fast Nichts an Licht machte alles verschwommen – nicht geheimnisvoll, sondern erstorben. Das Gerümpel vor den Häusern, Ascheimer oder Pappkisten mit Abfall und Unrat, von gleichmäßig fadem, ausgeglommenem Geruch – oder beizend von Unappetitlichem –, zeigte ihm an, daß er sich in einer unerquicklichen Vorstadt, zum wenigsten in einer Ne-

benstraße befinde, von Menschen bewohnt, die dürftig lebten oder gar verkommen – von Unglück, schlechten Dünsten und argen Gewohnheiten durchsäuert. Erwachsene ohne Hoffnung, in lauen Betten, voll gleichgültiger Gier. Kinder, aus warmer Obhut auf den Boden hinabgeschleudert, damit sie darauf hinkröchen, ihn beschmutzten und davon fräßen. Jugendliche voll frühen Samens, an jede Ernüchterung ausgeliefert, noch von sonderbarer Zuversicht angestrahlt, daß irgendein Sich-Hinwerfen oder -Preisgeben ihnen Brot und Wohnung brächte. Und Arbeitende, unablässig an den Maschinen oder in den ungezählten Zimmern der Kontore, Mühselige und Beladene, deren morgendliches Beginnen die Regelmäßigkeit der Turmuhren hat.
»Warum ist es so?« fragte Matthieu.
Und er antwortete sich: »Das Fleisch gewordene Leben hat nur eine Forderung: da zu sein und da zu bleiben. Die Arbeit ernährt, wenn auch nur kümmerlich. Die Unzucht ernährt, wenn auch nur kümmerlich. Wer Schmutz frißt, stirbt oder widersteht. Es ist dürftig, das Dasein; aber es ist ein Besitz, solange es währt. Es ist auch im schwarzen Fleisch und im schwärenden. Es ist hinter den blinden Augen und bei den Hodenlosen. Erst später, wenn der erwärmte Schaum kalt geworden ist und irgendeinen Flecken besudelt – –«
Er stieß gegen ein verkrümmtes Gerät, trat in Kot, blieb vor einem Hause stehen, weil er glaubte, die Schrift auf einem Schilde entziffern zu können. Er las: *Barbara Fleißig, Hebamme.*

»Welcher Unterschied ist zwischen den Niemals-Geborenen und den Einmal-Dagewesenen? Zwischen dem Niemals-Geformten und dem Einmal-Gebildeten? Der Gedanke, die Vorstellung – – es ist wenig. Die Liebe, das blutendste Gefühl – – geht es dahin, als wäre es nicht gewesen? – Gibt es eine Erinnerung, die uns überdauert?«
Er wanderte weiter. Es mehrten sich die Schilder, deren Mitteilung er hätte entziffern können. Doch seine Neugier war nicht so groß wie seine Gleichgültigkeit.
»Diese Vorstadt wird ein Ende nehmen«, dachte er.
Aber es war Übertreibung in ihrer Ausdehnung. Er erreichte das Ende nicht.
Jemand, an dem er vorübergegangen war, doch nicht wahrgenommen hatte, sprach ihn von hinten an. Es war eine junge Stimme, nicht unähnlich der des Grooms, doch unfrischer.
»Haben Sie nicht eine Zigarette für mich?« fragte die Stimme leise.
Matthieu blieb stehen, befühlte seine Tasche, wandte sich dem Sprechenden zu.
»Ich habe keine Zigaretten bei mir«, antwortete er.
Die Gestalt kam näher, beschwerlich gehend oder schleichend, wie es Matthieu schien.
»Das ist schlimm«, sagte der sich Nähernde, »ich bin durstig nach Rauch. Ich habe seit langem keine Zigarette mehr zwischen den Lippen gehabt.«
Matthieu versuchte zu erkennen, wen er vor sich hatte. »Ein junger Mensch«, stellte er bei sich fest, »offenbar hinkend oder mit einem Leiden.«

»Ich habe keine Zigarette bei mir«, wiederholte er, als ob der andere ihm nicht geantwortet hätte.
»Gehen wir ein Stück Wegs zusammen?« fragte der andere.
Matthieu zögerte mit der Antwort, versuchte den Gehalt der Frage zu schmecken. Er machte dann ein paar Schritte vom anderen fort. Der aber rief sogleich dringend: »Sie müssen mich mit sich nehmen, Herr! Ich bin hungrig. Ich habe kein Bett. Ich bin müde.«
Matthieu antwortete: »Ich bin fremd in dieser Stadt. Ich habe hier kein Zuhause.«
»Es gibt Gasthöfe«, sagte der andere.
»Die Gasthöfe sind geschlossen«, sagte Matthieu.
Der andere jammerte: »Wer kein Mitleid kennt, sollte längst schlafen.«
»Bist du etwa weiß?« fragte Matthieu.
»Wenn Licht wäre, würden Sie sehen, wer ich bin, Herr«, sagte der andere.
»Gibt es hier irgendwo Licht?«
»Vielleicht«, sagte der andere und war wieder an Matthieus Seite.
»Wenn du weißt, wo es Licht gibt, sind wir Weggenossen. Wenn es in der Nähe ein Gasthaus gibt, das noch offenhält, sollst du satt werden.« Matthieu befühlte den Geldschein in seiner Tasche.
»Mich friert«, sagte der andere.
»Es ist kälter geworden«, antwortete Matthieu.
Er versuchte zu eilen, aber sein Gefährte hielt ihn zurück. Ja, der andere hatte Matthieus Rock gefaßt und ließ sich ziehen, so daß sie nur mühsam vorankamen.

»Das ist ein schlechtes Vorwärtskommen«, stellte Matthieu fest, »wenn wir schon Gefährten sein müssen, hake dich in meinen Arm.«
Der andere tat es, und alsbald konnte er recht gut ausschreiten. Er stützte sich ein wenig. Matthieu spürte, abgeschwächt, das Gewicht des anderen Körpers – und zugleich ein Vertrautwerden mit der fremden Gestalt, von der er noch nichts anderes erraten hatte als ihre Jugend, das männliche Geschlecht – und daß ein Gebrechen, mochte es nun groß oder klein sein, ihr die Frische der Bewegungen nahm: ein eingewachsener Zehennagel, ein Hüftschmerz oder ein unregelmäßiger Knochenbau; Geringeres noch: eine wundgelaufene Ferse, halbwüchsige schlaffe Muskeln. – Da die beiden jetzt gut vorankamen, verwarf Matthieu die Möglichkeit, daß es ein arges Leiden sein könnte. Er versteifte sich darauf, es müsse sich um einen eingewachsenen Zehennagel oder um Wachstumsschmerzen handeln.
Sie bogen um eine Ecke. Der ehemals mit den Füßen Schlürfende führte. Er hielt, nachdem man einige Male die Stufen von Kantsteinen hinab und hinauf getreten war, vor einer dunklen Wand, in der Matthieu mit Mühe eine rohgezimmerte Tür erkannte.
»Hier ist der Eingang«, sagte sein Begleiter.
»Geh voran!«
Der andere versuchte die Klinke. Die Tür bewegte sich. Das Licht vermehrte sich kaum. Immerhin erkannte man einen schmalen Vorraum. Zur linken Hand stieß sich eine Tür von selbst auf – jedenfalls schien es so. Und ihr entströmte abgestandene

Wärme, Bierdunst, unfrischer Tabaksrauch und Licht. Wahrhaftiges Licht, das die Dinge erschaubar machte.
»Das ist ein Trost«, sagte Matthieu.
Er drängte sich vor und schritt als erster in die Gaststube. Sie war von ungewöhnlicher Art, für Gäste mit kleinen Münzen in der Tasche. Nichts Großartiges. Tische, hölzerne Stühle, lange Bänke an den Wänden. Im Hintergrunde ein Schanktisch von auffälliger Länge und Höhe, vollgestellt mit Flaschen. Schankhähne wuchsen gekrümmt aus der dicken Mahagoniplatte hervor. Eine Vitrine für Speisen glänzte metallisch und gläsern. Die Wand hinter diesem Aufbau hatte Borde; darauf Trinkgefäße vielerlei Formen und Größen und wiederum Flaschen mit unterschiedlichen Etiketten. Eine Kellnerin, üppig geformt, mit wächsernem dickem Gesicht, müde, geschminkte Augenhöhlen, nacktarmig, in einem Kleid aus rotem duffem Stoff, stand niedergebeugt hinter dem Schanktisch und schrieb in einem Buche. Offenbar machte sie die Abrechnung, denn sie bewegte lautlos den Mund, als ob die Lippen ihr Gedächtnis für die Zahlen kräftigen sollten. Sie beachtete die eingetretenen Gäste nicht, schaute nur einmal auf, als diese näher kamen und sich seitlich vom Schanktisch auf einer Wandbank niederließen. Sie lispelte die Zahlen weiter in sich hinein und schrieb das eine oder andere Ergebnis ihres Rechnens mit einem dicken stumpfen Bleistift nieder.
Matthieu war sehr damit einverstanden, daß er eine Weile mit seinem Begleiter gleichsam allein war, unbeobachtet. Er wechselte sogleich den Platz, setzte sich

seitlich auf einen Stuhl, so daß er dem anderen voll ins Gesicht schauen konnte. Der Tonbank hatte er den Rücken zugekehrt.

Er betrachtete diesen anderen Menschen. Es war ein gewissenhaftes Erforschen, das sich mehr und mehr verlangsamte. Ein Mensch ist ein Mensch, dem einen ein Zweiter. Ein männliches Wesen ist von männlicher Beschaffenheit. Man kennt sich somit im Vorfeld der Empfindungen, zumal kaum zehn Jahre Altersunterschied keinen erheblichen Gegensatz, keine tiefere Abneigung erzeugen.

Die Verwandtschaft oder Brüderlichkeit schien diesmal nicht nur allgemeiner Art zu sein. Schon an der Kleidung des anderen glaubte Matthieu etwas ihm Bekanntes, äußerlich Vertrautes zu entdecken. Eine Joppe aus gutem Tuch, ihm in Farbe und Schnitt angenehm; – als ob er sie für sich selbst gewählt – oder dem anderen vom Eigenen ausgeliehen hätte. Diese Joppe war indessen, zu Matthieus Erstaunen, offenbar gewaltsam zerrissen und wieder sorgsam zusammengefügt worden. Die Nähte waren wulstig und durch Kreuzstiche deutlich sichtbar. Es wurde sehr langsam in ihm; er wartete auf eine Erinnerung. Sie zeigte sich noch nicht; aber sie mußte aus der Vergangenheit schon nahe herbeigeeilt sein. Er starrte in das andere Gesicht, tastete es in sonderbarer Verblüffung mit Blicken ab, zaudernd erst, dann entschlossen. Er faßte den anderen Kopf mit den Händen, drehte ihn seitwärts und wieder zurück, berührte die Ohren.

Während er so, von ungeordneten, mehr und mehr ungezügelten Empfindungen befallen, diese ungehöri-

ge Prüfung anstellte und sie eigensinnig wiederholte, aufdringlich, anarchisch, schweifte sein Blick, um sich zu entwirren, zur gegenüberliegenden Wand ab. Matthieu sah dort einen Spiegel, das Reklameprunkstück einer Brauerei, die durch in das Glas geätzte Buchstaben die Vorzüglichkeit ihrer Biere anpries. Zwischen den Schriftzeichen oben und unten erblickte er zwei Köpfe, den seinen und den des anderen. Er erkannte nicht nur das Bild des eigenen Antlitzes, sondern auch das des Jungen als etwas ihm Zugewiesenes. Er versuchte, so schnell es gehen wollte, sich Rechenschaft zu geben. Er durchquerte ein Jahrzehnt seiner Vergangenheit, um festzustellen, daß er das andere Gesicht ehemals, irgendwo am Anfang seines Erwachsenseins, oftmals, täglich betrachtet hatte – als das ihm gehörige – als sein Eigentum – als die äußere Form seines Wesens.
»Es gleicht dem meinen«, flüsterte er sich zu, »so habe ich vor acht oder neun Jahren ausgesehen – als mein Alter fünfzehn oder sechzehn Jahre war.«
Er stellte es ohne Widerstreben, ohne jeden Vorbehalt fest.
»Es ist mein Spiegelbild von damals«, dachte er weiter, »es ist aufbewahrt worden. – Ist das nun etwas Hübsches, daß man es wiederholt? Oder ist es so belanglos, daß man keine Mühe daran geben wollte, es abzuändern?«
Er erkannte noch, daß der Junge ziemlich mager war und von einem Gram bedrückt sein mußte.
Ein Schmerz, ein Aufruhr, eine Unsinnigkeit befielen Matthieu. Er packte den Jungen, zerrte ihn bis nahe an

den Spiegel heran, brachte seinen Kopf so nahe an den des anderen, daß sie sich berührten, wies auf das gefällige Glas, das den Vorgang widerspiegelte.
»Begreifst du wohl, daß ich einmal der war, der du jetzt bist? Erkennst du unsere Ähnlichkeit? –«
»Die Augen, die Haare – –«, stotterte der Jüngere, »aber manches ist anders.«
»Ja, ja«, seufzte Matthieu, »ich habe mich verändert. Mein Mund ist weniger frisch, meine Wangen sind ein wenig feister und doch grauer, von innen her, als die deinen. Aber ich weiß, daß mein Gesicht von dem Aussehen, das du jetzt hast, hergekommen ist – daß du etwas Gewesenes von mir bist. Ich habe das Bild, das ich einstmals gab, in meiner Erinnerung behalten – diese traurige Anmut, die gewöhnliche Erwartung oder Sehnsucht, diese Unentschlossenheit zum Leben – diesen frühen Versuch, da zu sein, das Leid angenehm zu finden, sich hinzuwerfen an ein dürftiges Gefühl – diese ganze Untüchtigkeit, die durch Jugend entschuldigt ist –«
»Ich weiß nicht, wie ich nach zehn Jahren aussehen werde, sofern ich lebe. Die Ähnlichkeit zwischen uns wird sich niemals ganz berühren.«
Matthieu lachte rauh. »Wir legen uns am Abend mit uns selbst ins Bett; am Morgen aber erblicken wir einen anderen im Spiegel.«
Sie gingen an ihren Platz zurück. Es war Matthieu, als hätte ihm jemand das Gehirn ausgeschöpft. Es war nur ein anarchisches Brausen in ihm. Vergeblich suchte er nach Zusammenhängen, Gewißheiten, genauen Vorstellungen, nach der Absicht.

»Dies ist eine Begegnung«, beschwichtigte er sich endlich, »ein Zufall, ein Zusammentreffen, berechnet, angeordnet – oder nicht vorbedacht, hingestreut, ein überflüssiges Ergebnis, ein Abfallprodukt des Möglichen, nicht wert, beachtet zu werden –.«
Laut sagte er: »Leg deine Hände auf den Tisch!«
Der andere gehorchte, breitete seine Hände vor dem Älteren aus. Dieser legte die seinen daneben.
»Erkennst du endlich?« fragte er.
Der Jüngere schwieg.
»Sie gleichen den meinen – um ein paar Jahre verjüngt – noch nicht ganz erwachsen.« Matthieu sprach mit sich selbst weiter: »Es sind meine Hände von ehemals. Das ist ein ungehöriger Zufall, denn dieser kann doch nicht schon nach acht Jahren hinter mir her laufen als mein fleischgewordener Schatten. Ich hatte keinen so frühen Samen, und ein Mädchen gab es auch nicht.«
Er schüttelte mißmutig den Kopf und fragte kurz: »Wie heißt du?«
»Matthieu«, sagte der andere.
»Matthieu? – So heiße ich. – Zweimal der gleiche – der gleiche Name – ich verstehe nicht –«
»Dann nennen Sie mich bitte Anders.«
»Anders? Wie denn? Mit welchem Namen?«
»Anders ist ein Name«, sagte der Junge.
»Anders? – Ganz recht. Anders – Andreas. – Ich bin schwerfälliger im Begreifen als du. Anders – du heißt Anders. Du spielst mit mir; – aber du verstehst dich darauf.«
Er brachte seinen Kopf wieder nahe an den des Jungen.

»Wenn du derselbe Stoff bist wie ich – und dazu arm bist, hungerst, frierst – keinen Trost hast, kein Heim, kein Bett, nichts – nur dich selbst – und dies Alter, das noch wertvoll ist – – dann steht es schlimm mit dir; – dann hast du ein anrüchiges Gewerbe. –«
Der Junge schüttelte traurig den Kopf. »Ich verstehe die Andeutung«, antwortete er still, »ich bin noch mit niemand gegangen. Sie sind der erste –«
»Du lügst«, sagte Matthieu.
»Ich bin doch erst vor einer halben Stunde, als ich Sie anredete, abseits gekommen. Vorher war ich ein anderer. Vorher war ich zu nichts entschlossen. Und wußte nicht einmal, daß man sich zu etwas entschließen könne. Ich habe niemals eine Zigarette geraucht. Ich habe Sie um eine gebeten, weil das mein erster Entschluß war. Und ich rechtfertigte mich damit, daß ich nicht einen Heller besäße.«
»Hast du keine Eltern?«
»Nein«, antwortete der Junge.
»Keinen, dem du angenehm bist – der dir zu helfen bereit wäre?«
»Nur einen, dem ich gefalle, wenn er mein Blut fließen sieht. Er verwundet mich täglich – und von Tag zu Tag schlimmer –«
»Du lügst –«
»Er will mich zerlegen – auseinandernehmen wie ein Uhrwerk. Ich glaubte bisher, daß er es dürfte – daß es keinen Einspruch gäbe. Ich hielt still. Ich wimmerte nur. Ich hatte keinen Willen. Heute hat er tief in mich hineingeschaut – durch einen klaffenden Spalt. –«
»Es ist dein Recht, zu lügen«, sagte Matthieu, »die

Lüge ist dein Schutz, deine Helferin, die dich anpreist oder bemitleidenswert macht. – Ich selbst habe bisher Zuflucht bei der mir erreichbaren Wahrheit und Aufrichtigkeit gesucht –. Sie schützen nicht, das erfährt man – sie liefern uns aus.«

»Ist Ihre Haut überall heil? Sind Sie niemals niedergeworfen und aufgeschnitten worden?« fragte der jüngere Matthieu.

»Doch«, preßte der ältere gequält hervor, »es kann geschehen – es geschieht – es ist mir geschehen. – Aber warum bist du in der gleichen Bestimmung?« Die Erinnerung, wie ein bedrohliches Meer durch Deiche weit abgehalten, verlor die Ferne, brauste heran, stieg ihm bis an die Seele. Bilder sah er wieder, die ihn in eine Ohnmacht stürzen wollten. Die Angst vor dem Gewesenen packte ihn. »Es ist nicht vergangen. Es ist unverändert in mir – und neben mir steht es, verjüngt. Ein zweites Ich, das leidet – wenn mein Fleisch auch den Schmerz nicht fühlt, sondern ein anderes Fleisch diesen Schmerz hinnimmt, statt meiner.« Er lispelte diese Sätze, unverständlich für den anderen.

»Wo ist denn die Lüge?« fragte der Junge, »bin ich nicht jetzt unbeschützt, weil ich aufrichtig war?«

»Bist du schwarz oder weiß?« fragte Matthieu, ganz leer vor Furcht.

»Soll ich lügen oder die Wahrheit sagen? – Was ich auch antworte, es bleibt unentschieden.«

»Bist du hier ein Fremder wie ich, ein gerade Angekommener – oder eingesessen?«

»Ich stand auf der Straße und wartete auf einen mir ähnlichen Menschen.«

Matthieu geriet außer sich. Die Vergangenheit verdünnte sich wieder, lief ab wie ebbendes Wasser. Er vergaß, wo er sich mit dem anderen befand. Er zog den Jungen näher zu sich heran, knöpfte ihm die Joppe auf, hastig, doch weniger gewaltsam, als Elvira sie Eselchen aufgeknöpft hatte. Auch Anders trug kein Hemd. Seine Brust lag hell, schimmernd, zart mit zwei rosa Kreisflächen geschmückt vor Matthieus Blicken. Der Junge beugte den Kopf zurück, so daß der Hals gerade, fast weiß aus dem Körper hervorwuchs – in einem äußersten Versuch, die Wahrhaftigkeit der hellen Farbe zu beweisen.

»Bin ich das jemals gewesen?« fragte sich Matthieu, »– so leicht und schmal im Wuchs – so anmutig glatt, mit sanften Muskeln – nicht abstoßend – durchschnittlich gefällig – etwas, das man hinnimmt oder sogar liebt, wenn man aufrichtig hinschaut –?«

Er schloß dem Jungen die Joppe wieder. Er gedachte der Kellnerin; doch war es ihm unwichtig, ob sie sein Benehmen beobachtet hatte oder nicht. Er sah, sie schrieb und rechnete noch. Er wandte sich wieder Anders zu.

»Ist es nützlich oder schädlich, daß wir voneinander wissen: wir sind von heller Farbe – jüngerer Matthieu, Anders? – – Sieh, welch ein Tölpel ich bin! – Du weißt es ja gar nicht von mir!«

»Doch«, antwortete Anders, »ich weiß es, weil ich es nicht bezweifle.«

»Du bist mir im schnellen Einfall überlegen, denn du hast manches erdulden und noch mehr abwehren müssen. Ich hingegen, im unsicheren Schutz der Obhut

aufgewachsen, habe ein zögerndes Hirn, taube Gedanken – ein schwankendes Verhalten – keine Kraft in der Liebe und nur undeutliche Abneigungen –.«
»Ich bin hungrig«, sagte Anders.
Matthieu sprang sogleich auf und trat an den Schanktisch. Die Kellnerin hatte gerade ihr Buch geschlossen, so daß sie den Gästen Aufmerksamkeit schenken konnte. Sie fragte: »Womit darf ich dienen, mein Herr?«
»Etwas zu essen, bitte – kräftig und reichlich. –«
Die Kellnerin nahm mechanisch eine Speisekarte, die vor ihr lag, in die Hand, schaute darauf, legte sie wieder fort, antwortete:
»Es gibt nichts mehr zu essen, mein Herr.«
»Nichts Gebratenes und Gesottenes«, legte Matthieu ihren Abschlag aus; »– aber doch Brot, Wurst, Schinken, Käse, Soleier, kalte Koteletten –«
»Es gibt nichts mehr zu essen«, beharrte die Kellnerin.
»Soll denn das Lokal schon geschlossen werden?« fragte Matthieu.
»Die Gaststätte bleibt geöffnet, mein Herr; aber es gibt nichts mehr zu essen.«
»Sie werden doch etwas Brot, Butter, ein wenig Salat, ein Stück Fleisch auftreiben können – bei gutem Willen – gegen angemessene Bezahlung. – Der Junge dort ist hungrig. Er muß etwas in seinen Mund tun. – Wenn die Gaststätte doch offen ist.«
»Es findet sich kein Fleisch mehr, mein Herr.«
»Zum wenigsten etwas Brot, ein Stück Käse«, bettelte Matthieu. »Wenn Sie bitte nachschauen möchten –. Irgendeinen Bissen. Einen Teller Suppe vielleicht –«

»Es findet sich kein Brot, mein Herr. Das Brot von gestern ist verzehrt. Es gibt keine Suppe mehr. Es ist alles verzehrt. Es gibt keinen Essig und kein Öl. Es ist alles verbraucht, denn die Nacht ist schon sehr lang. Sie können es erkennen; alle Gäste sind fort.«
»Ich begreife den Zusammenhang nicht.«
»Alles hat einen Zusammenhang«, sagte die Kellnerin.
Matthieu wandte sich niedergeschlagen an Anders.
»Es gibt hier nichts zu essen«, berichtete er, »vielleicht magst du es versuchen, deinem leeren Magen mit einem Eierlikör entgegenzukommen. Ein großes Glas davon wird dich stärken und erwärmen.«
Anders nickte zustimmend mit dem Kopfe. Matthieu bestellte das Getränk.
»Es gibt keinen Eierlikör mehr, mein Herr.«
»Dort steht doch eine Flasche auf dem Bord! Ich erkenne es. –«
»Sie ist leer, mein Herr – leer bis auf den letzten Tropfen.«
Die Kellnerin nahm die Flasche, entkorkte sie, hielt sie mit dem Hals nach unten. »Sie sehen es, mein Herr.«
»Die nächste Flasche! Ich bitte Sie –. Oder die übernächste –«
Die Kellnerin schaffte geduldig zwei weitere Flaschen herbei, entkorkte sie, hielt sie umgekehrt.
»Sie sind leer. Ich verkaufe, was ich habe. Das Nichtvorhandene ist unverkäuflich.«
»So geben Sie zwei Gläser Portwein, bitte«, sagte Matthieu entmutigt, ohne noch Anders zu fragen, ob es ihm genehm sei.

»Ich kann Sie auch damit nicht bedienen, mein Herr, die Flaschen sind leer.«
»Gibt es denn nicht einen Keller mit Vorräten?« fragte Matthieu.
»Die Flaschen im Keller sind leer, schon seit dem Anbruch der Nacht.«
»Das verstehe ich nicht.«
»Ich berichte, wie es ist. Sie müssen sich damit abfinden.«
»So schenken Sie uns, was Sie vorrätig haben«, sagte Matthieu.
»Ich habe nichts vorrätig, mein Herr.«
»Alle diese Flaschen wären unnütz?« fragte Matthieu ungläubig.
»Sie sind leer. Überzeugen Sie sich davon, bitte, mein Herr.«
Die Kellnerin entkorkte nun eine Flasche nach der anderen, hielt sie auf den Kopf, stellte sie zurück.
»Dergleichen habe ich noch nicht erlebt«, sagte Matthieu verbittert, »– so schenken Sie uns ein Bier!«
Die Kellnerin drehte einen Schankhahn nach dem anderen auf; doch Flüssigkeit lief nicht heraus.
»Sie sehen, die Fässer sind leer«, sagte die Kellnerin.
»Ich begreife nicht«, wandte Matthieu noch einmal ein, »– ist denn niemand, der vorgesorgt hat –?«
»Doch, mein Herr, wir sind mit Vorräten gut versehen gewesen. Aber die Nacht ist sehr lang geworden. Und einmal erschöpft sich auch das größte Lager.«
»War denn heute ein ungewöhnlicher Andrang der Gäste?«
»Es war durchschnittlich, mein Herr. Aber die Nacht

ist länger als sonst. Das wissen Sie selbst recht gut.«
»Ich bin hier fremd«, sagte Matthieu.
»Darauf kann ich nichts antworten«, sagte die Kellnerin.
Das Gespräch schien zu Ende. Matthieu ging an den Tisch zurück, an dem Anders saß.
»Ich habe nichts ausgerichtet«, sagte der Ältere, »es gibt weder Speise noch Trank.« Er wandte sich noch einmal der Kellnerin zu, redete laut:
»Ein Glas Wasser wird es doch wohl geben! Ein Glas Wasser, bitte!«
»Ich will es versuchen, mein Herr«, antwortete die Kellnerin.
Sie ging an das Spülbecken, drehte den Wasserhahn auf. Ein schwacher dünner Strahl kam hervor und füllte das untergehaltene Glas nur langsam.
»Es wird das letzte Wasser sein«, sagte sie, »es sei Ihnen gegönnt.«
Matthieu trat nahe an den Schanktisch heran.
»Das ist sonderbar. Warum versiegt das Wasser in der Leitung?«
»Es ist ein alter Aberglaube, daß die städtische Versorgung unablässig angezapft werden könnte, ohne daß sich die Vorräte erschöpfen. – Man erfährt, daß es eine Irrlehre ist.«
»Warum, wenn Sie Ihre Gäste nicht einmal mit Wasser bedienen können, halten Sie das Lokal offen?«
»Wir haben unsere Vorschrift, mein Herr.«
»Wenn aber in der Vorschrift keine Vernunft mehr enthalten ist? Wenn sie sich auf keine Wirklichkeit bezieht –? Dies hier ist dem Aussehen nach eine

Schankstätte; aber es ist eine erloschene, eine durch Verbrauch verwüstete –; das letzte Glas Wasser ist verabreicht worden!«
»Wir lassen uns durch Einwände nicht beirren, mein Herr. Wir sind verpflichtet, das Lokal bis zum Morgengrauen offenzuhalten. Und wenn das Morgengrauen niemals kommen sollte, so werden wir niemals schließen.« Matthieu schüttelte unwillig über soviel Unsinnigkeit den Kopf. Er versuchte die Kellnerin mit noch einer Frage: »Wenn der letzte Gast fort ist und niemals mehr jemand kommt, schließen Sie auch dann nicht die Tür?«
»Unsere Vorschrift berücksichtigt das nicht.«
Matthieu dachte nach. Er sprach dann begütigend:
»Es könnte scheinen, als ob die Begebenheiten dieser Nacht unserer Unterhaltung den Vorwand lieferten. Aber es ist doch Übertreibung in unserer Rede! Die Erde ist nicht irgendwohin abgesunken oder hat ihre Pole verlagert.«
»Darauf kenne ich keine Antwort, mein Herr; ich begreife nur das Einfache.« Die Kellnerin schien sich endgültig von der Unterhaltung zurückziehen zu wollen. Nach einer Weile jedoch hörte Matthieu sie weitersprechen:
»– Wenn es tiefe Nacht ist, weiß man vom Tage nichts. Man erwartet ihn. Einmal aber geschieht es, daß man ihn nicht mehr begrüßt. Jedenfalls ist das die allgemeine Ansicht in dieser Stadt.«
»Nun ja –«, antwortete Matthieu gedehnt, »einmal, das ist ein ungewisses Wort, das zugleich eine lange Zukunft einschließt.«

»Oder eine kurze«, sagte die Kellnerin; »– alle, die an die Geduld der Schöpfung glauben, werden von ihrer Heftigkeit überrascht werden.«
»Wie soll ich das verstehen?« fragte Matthieu.
»Die Turbinen, die uns Licht erzeugen, werden einmal stillestehen, zerbrechen oder auf andere Weise ihren Willen zeigen. Das Wasser ist auch nicht in des Menschen Hand, sondern in einer größeren Zeit als der Mensch.«
»Wir sind doch noch nicht weit von gestern entfernt«, antwortete Matthieu, »und gestern war noch Übereinstimmung zwischen den Menschen und den Dingen. Das Wasser und die Maschinen entfremden sich uns nicht so plötzlich.«
»Ich verstehe Sie nicht, mein Herr. Gestern kann so weit fort sein wie die halbe Ewigkeit.«
Die Kellnerin nahm die Speisekarte in die Hand, starrte darauf. Das Gespräch schien für sie nunmehr gänzlich belanglos oder erschöpft zu sein. Matthieu blieb noch eine Weile ratlos am Schanktisch stehen. Als er sich dem jüngeren Matthieu zuwandte, nach Worten suchend, begann das Licht zu flackern; – es nahm dabei an Helligkeit ab. Als es wieder ruhig glühte, hatte es mehr als die Hälfte seiner Leuchtkraft eingebüßt.
»Die Turbinen versagen bereits«, sagte die Kellnerin.
»Hier ist ein Glas Wasser, Anders«, sagte Matthieu, »es ist das einzige, das letzte –«
»Ich bin sehr durstig«, sagte der Jüngere, »gestatte mir bitte, daß ich es allein austrinke.«
»Es ist für dich bestimmt«, antwortete Matthieu.

Dann entsann er sich, daß Anders ihn um eine Zigarette gebeten hatte. Er belästigte die Kellnerin noch einmal. Auch die Zigaretten seien ausverkauft, erklärte sie; aber sie sei bereit, den Gästen von ihrem privaten Vorrat eine einzige abzutreten. Matthieu erstand noch eine Schachtel Zündhölzer und gewann durch diesen Kauf eine Art Zuversicht. Jedenfalls hätte ein Mißerfolg ihn verbittert oder geschwächt.
Nachdem Anders die Zigarette aufgeraucht hatte, schlug Matthieu vor, das Lokal zu verlassen und eine andere Gaststätte zu suchen. Dem Jungen gefiel der Vorschlag nicht sonderlich, obgleich er, während er trübsinnig geraucht, abermals über Hunger und Durst geklagt hatte. – Man werde die ersehnte Gaststätte nicht finden. Er behauptete auch, nicht ortskundig genug zu sein, um beim Suchen sonderlich helfen zu können.
Matthieu, weniger bedenklich als sein Gefährte, zerstreute die Einwände. Sie erhoben sich, grüßten. Als sie bei der Tür waren, drohten die Glühlampen gänzlich zu erlöschen.
Die beiden suchten eilig das Freie.
Aber welche Überraschung! – Der Dunkelheit war etwas beigemischt, was sie zuerst nicht erkannten: ein grauer Schimmer, der nicht Licht war, sondern von einer Substanz herrührte, die noch vor geraumer Zeit nicht dagewesen war. Der Himmel war womöglich noch finsterer als zuvor; es war der Boden, der sich verändert hatte. Matthieu bückte sich, um mit der Hand zu ertasten, was es sein könnte. Er faßte in kalten Staub, in eine lose eisige Aufschüttung. Es war

Schnee. Unmittelbar nach dieser Feststellung, die ihn außerordentlich erschreckte, spürte er den herabstäubenden Schnee auch an seinem Gesicht, an den Händen. Er tat ein paar Schritte auf die Straße hinaus; dann versuchte er, ohne noch Anders zu fragen, ins Gasthaus zurückzugelangen. Aber die eingeklinkte Tür ließ sich nicht mehr öffnen. Irgendein Mechanismus hatte sie versperrt; – zufälligerweise. Oder war sie von Menschenhand verriegelt worden?
»Wir müssen unser Heil anderswo suchen«, sagte Matthieu.
»Der Schnee liegt hoch«, sagte der Junge.
Matthieu gewahrte, daß seinem Gefährten die Zähne aufeinander schlugen.
»Nimm meinen Mantel, Anders!«
Der Junge ließ es zu, daß Matthieu den Überrock auszog, um selbst darin eingehüllt zu werden.
Sie machten sich davon. – Wohin sie sich wenden sollten, wußten sie nicht. Es war Anders, der die Richtung bestimmte. Er hatte Matthieu wieder untergehakt, drängte sich ein wenig an ihn. Der Mantel schien ihn zu wärmen, jedenfalls zitterte der Junge nicht mehr.
Da sie kein eigentliches Ziel hatten, eben nur hofften, auf ein Gasthaus oder eine Herberge zu stoßen, gab es Muße für sie, die Nacht zu belauern. Sie schärften ihre Sinne.
»Es ist kälter geworden«, sagte Matthieu, »es ist Eisstaub, der herabgeschüttet wird.«
Sie blieben stehen, prüften den leichten Schnee, durch den sie stapften – der ihre Schritte lautlos machte.

»Er reicht schon bis zu den Knöcheln«, sagte der Jüngere.
Der Ältere streckte die Zunge heraus, schmeckte die eisigen Körner, die dichter und dichter fielen, die wie ein Nebel das letzte Sichtbare verhüllten.
Sie schritten wieder aus, stumm nebeneinander, von ungenauen Vorstellungen erfüllt, wie Tiere, die einen heftigen Einbruch des Winters erleben und nur ahnen, daß damit eine harte Zeit anbricht: die Not.
Sie stellten beiläufig fest, daß ihre Kleidung völlig verschneit und eisig geworden war. Zu spät schlugen sie den Kragen von Mantel und Jacke auf. Matthieu litt unter der Kälte, die von Augenblick zu Augenblick bitterer wurde. Aber die Anfälligkeit des Jungen hatte sein Mitleid erweckt, und so blieb es dabei, daß den Älteren fror und dem Jüngeren eine Art Behaglichkeit zufiel, die freilich nicht von langer Dauer sein sollte.
Allmählich füllte sich die Luft mit Geräusch – oder das Gehör der zwei hatte sich so weit geschärft, daß sie die leisen Töne, die sie umgaben, wahrnehmen konnten.
Als sie wieder einmal im Ausschreiten innehielten, hörten sie das leise Klirren der Kristallsterne, den Ton der winzigen Eisscherben. Einen Gesang, unheimlich in seiner einförmigen Skala, die nur wenige hohe Tonschritte enthielt, der aber, durch einen unsichtbaren Wind dirigiert, ein rhythmisch tausendfach variiertes Crescendo und Decrescendo entfaltete. Eine unausschöpfliche Melodie, gläsern, einschläfernd vielleicht, die Empfindungen abstumpfend, doch den eigentlichen Schlaf fernhaltend durch den Beilaut eines

unrührbaren Verhängnisses – der Erstarrung des Flüssigen.

»Der Regen hat ein anderes Gesicht«, sagte Matthieu.

Anders begriff, was der Ältere ausdrücken wollte. Er antwortete:

»Dies klingt wie trockenes Gras am Meer – oder wie eine herabfallende Fensterscheibe im Schlaf.«

Der Wind nahm zu. Noch wurde seine dunkle Stimme unter den Dachziegeln oder in den unsichtbaren Bäumen durch den immer dichter werdenden Sternenstaub erstickt. Aber die rieselnden Schwaden wurden schon von den Stößen der Luft zusammengeballt, durch den Raum geschleudert, niedergedrückt, wieder aufgehoben, zu Dünen gesammelt. Und die Kälte wurde beißender.

Den beiden Wanderern wurde das Gehen allmählich beschwerlich. Manchmal stolperten sie. Einmal sank Matthieu in die Knie, auf das weiche Polster einer grauen Aufschüttung.

Der Junge drängte sich noch näher zu ihm, preßte seinen Arm, stieß mit flüchtiger Aufdringlichkeit gegen den Schenkel des Älteren.

Matthieu versuchte den Körper des anderen zu vergessen – die Berührung nicht wahrzunehmen. Doch der Versuch wirkte gegenteilig. Die Vorstellung, daß er selbst, als jüngerer Matthieu, neben sich herschritt, wurde dringlicher. Er hätte sich eingestehen können, daß er sich im anderen liebe. Schließlich war er sogar damit zufrieden, daß er den anderen mehr liebte als sich selbst; – weil jener jünger war, noch nicht zer-

schlissen durch die ungewisse Zukunft der nächsten acht oder neun Jahre.
Kaum hatte er sich dies gestanden, als er einen halb unterdrückten Seufzer vernahm. Anders blieb abermals stehen, krümmte sich, wimmerte leise. – Vergeblich fragte Matthieu, was jenen befallen habe. Er erhielt keine Antwort. Langsamer als zuvor bewegten sie sich weiter.
»Weißt du, wo wir sind?« fragte Matthieu, »– erkennst du die Straße? Und ist sie dir bekannt?«
»Ja«, antwortete Anders leise.
Die Melodie des Schneesturms wurde lauter. Ein Orgelton von hoch herab wurde ihr beigegeben. Eisige Nadeln trieben sich den beiden ins Gesicht, und mehr und mehr war es ihnen, als wäre ihr Fleisch nackend im vernichtenden Hauch der Kälte.
Anders schleppte sich nur noch dahin. Matthieu konnte nicht erkennen, ob sein junger Begleiter wieder hinkte oder nur vor Erschöpfung die Füße nachlässig setzte. Aber dann sagte der Junge:
»Ich kann nicht weiter. – Ich kann nicht mehr sehr viel weiter. – Wir werden keine Herberge erreichen. – Sie müssen mich am Wege liegenlassen – oder in Ihren Armen tragen.«
»Ich werde dich nicht verlassen«, antwortete Matthieu kurz.
Nach einer Weile dünkte ihn die halb unwirsche Beteuerung zu wenig an Trost.
»Wir müßten versuchen, in irgendein Haus zu kommen. Wir brauchen vor allem einen Unterschlupf.« Er gestand, daß auch ihn bis ins Mark der Knochen friere.

Anders fand es nicht ratsam, irgendwo einzudringen. Er hielt es geradezu für unmöglich. Alle Türen seien verschlossen und verbolzt, behauptete er. Und die Gefahr sei das Schlimmste. Es sei besser, zu erfrieren, als rücklings erschlagen zu werden, mit gespaltenem Schädel umzusinken.
Matthieu versuchte gar nicht erst, der ungehörigen Vorstellung entgegenzutreten; sie berührte auch ihn. Er sagte nur: »So werde ich dich tragen.«
Es war nicht leicht, den jüngeren Matthieu in den Armen zu halten und durch das gläserne, klingende Gestöber zu tragen. Der Ältere keuchte bald und fühlte seine Glieder erlahmen, die Nerven darin taub werden.
»Du bist schwer«, sagte er entschuldigend, als er Anders auf die Beine stellte, um sich ein wenig zu verschnaufen. »Es wird leichter für mich sein, wenn ich dich auf meinem Rücken trage, als wäre ich ein Pferd«, ergänzte er.
Anders versuchte, ihm auf die Schultern zu klettern; aber er benahm sich dabei ungeschickt oder schüchtern, so daß es nicht gelang. So bückte sich denn Matthieu, schob seinen Kopf zwischen die Schenkel des Jungen und richtete sich mit seiner Last auf. Er faßte die Beine Anders'. Und es schien, als ob dieser bequem säße. Jedenfalls kam es schon nach wenigen Schritten zu einem Spiel. Der Jüngere faßte den Kopf des älteren, griff sogar in dessen Mund, bildete mit zwei Fingern, die er krümmte, eine Trense, als ob der Mensch ein Pferd wäre – und bestimmte, indem er die Wangen von innen zupfte, die Richtung.

»Ich erkenne nichts mehr«, sagte Matthieu, nachdem er lange Zeit das geduldige Pferd gespielt hatte. Seine Worte wurden nicht deutlich, weil er die Finger Anders' zwischen den Lippen hatte und der Gegenwind einen hohlen Laut in seinen Backen hervorbrachte. Matthieu stellte fest, daß ihm das Antlitz und die Hände gefühllos wurden, sein Ausschreiten immer mühevoller, der Schnee ihm fast bis an die Knie reichte.
»Wir dürfen nicht ins Ungewisse weitergehen«, sagte das Pferd zum Reiter.
»Steh stille, Roß!« sagte Anders.
Matthieu hielt, weil ihm der Mund mit der Trense der Finger auseinandergezerrt wurde. Anders schien zu überlegen oder zu schlafen. Matthieu stand geduldig im Schnee, weil es gleichgültig war, ob er ging oder nicht ging. Endlich sagte der Reiter: »Ich wollte nicht in den Keller zurück. Aber es gibt kein Erbarmen. Ich muß dahin zurück. Wenn Sie mich begleiten – – es könnte der Anfang des Erbarmens sein.«
»Von welchem Keller sprichst du?«
»Von meiner Wohnung. Es ist dort schrecklich. Es ist eine Wohnung zum Sterben. Ich wollte nicht sterben. Aber ich erkenne nun, daß ich auch hier draußen umkomme. Es hat mir nicht geholfen, daß ich mich auf die Straße stellte. Sie sind freundlich zu mir gewesen, Matthieu; aber Sie haben mich in kein warmes Bett gelegt. Wenn Sie mir jetzt hülfen, daß ich nicht einsam krepiere, nicht verlassen von aller Welt, es wäre ein letzter Trost –; wenn Sie bei mir blieben, aus Mitleid nur –.«

Matthieu nahm die Worte nicht an. Er erkannte darin nur die Rettung. »Ein Keller ist besser als diese eisige Nacht. Ist er weit von hier?«
»Nein«, antwortete Anders, »wir sind auf dem Wege dahin.«
»Nun denn, treib dein Pferd an, wenn du den Weg kennst! – Siehst du noch etwas von der Welt? Ist sie ein Fetzen schmutziger Leinwand?«
Anders trat Matthieu mit den Fußspitzen gegen die Hüften.
»Hopp«, sagte er, »ein gutes Pferd verfehlt die Richtung nicht und findet den Weg auch im dichtesten Schneegestöber.«
Matthieu erkannte nichts mehr, unterschied nichts. Er fühlte die Finger in seinem Munde und ging mit geschlossenen Augen, nur darauf bedacht, die Zeichen, die ihm gegeben wurden, zu befolgen. Hin und wieder blieb er schwitzend, doch zugleich eisig betastet stehen. Ihm schien, daß er sich auf nichts besinnen könne. Eine ausdruckslose Leere verschlang die Bilder der Erinnerung oder Wünsche, die sich bilden wollten. Auch die Augenblicke des Verweilens machten in ihm nichts deutlich. Er wußte nicht, wer jener auf seinem Rücken war, weshalb er ihn durch die Nacht trug. Er war ergeben.
»Leben, ein junges Leben ist etwas Kostbares, wie auch immer es geraten sein mag«, murmelte er sich vor. »Der Dunst der Jugend –; ich trage den Dunst der Jugend.« Er wußte nicht, was diese Worte, die er dachte, ausdrückten. Jedenfalls wagte er nicht, diesen Anders abzusetzen. Auch eine Bedeutung gab er sei-

nem Abenteuer nicht. Er begnügte sich mit Worten, die keinen vollen Sinn hatten. Er erkannte seine Unfähigkeit, das Zwiegespräch mit sich selbst fortzusetzen; aber es verlangte ihn danach, es fortzusetzen, und sei es mit Worten, die nur Torheiten enthielten, die das mitschuldige Dunkel seiner Absichtslosigkeit vermehrten. Er war wie ein Tier unter seinem Reiter in einer erniedrigenden Einsamkeit.

Die Begegnung war gewesen. Sie war unwiderruflich geworden. Er hatte den Befehl bekommen, einen Menschen durch den Schnee zu tragen, vorwärts zu gehen, bis ein Ziel, das er nicht kannte, erreicht war – oder ein Halt geboten würde – es sich erwies, daß ein Weiterkommen unmöglich war. Schließlich, auch das treueste Pferd wirft sich nieder, wenn ihm der Schnee bis an den Bauch reicht und es unfähig geworden ist, die Hufe noch zum Ausschreiten anzuziehen. Es sagt nicht, daß es nicht weiterkönne, es läßt sich seitwärts gleiten, erschöpft wie ein Verlorener.

Er stapfte weiter, ohne Zuversicht, doch nicht bis aufs letzte entmutigt. Allmählich erloschen seine Empfindungen für den Reiter völlig. Matthieu trug eine Last, ein Bündel, mochte es nun menschliche Wärme besitzen oder nur noch Gewicht sein, eine zusammengeklumpte Schwere. Die Kälte spürte er nicht mehr, wohl aber, daß eine Müdigkeit, riesenhaft wie der unbegrenzte Raum, von ihm Besitz nahm und ihn aller Fähigkeiten beraubte. Aus diesem Raum wurde er plötzlich ausgestoßen. Er fühlte, daß seine Mundwinkel auseinandergezogen wurden. Er hielt. Er öffnete die Augen. Er stand so nahe vor einer Wand, daß er sie

mit seiner Stirn hätte berühren können. Der Reiter lenkte ihn seitwärts neben die Mauer hin, bewegte die Schenkel, als Zeichen, daß Matthieu die Arme lösen und ihn von den Schultern gleiten lassen solle.
»Hier ist es«, sagte Anders und stieß die Tür auf.
Matthieu legte seine Hände gegen die Mauer. Es war ein Trost, den Stein zu befühlen, die Gewißheit zu empfangen, daß die Stadt noch da war. Sie war entrückt gewesen, nicht aufgelöst. Mit dem Ausbruch eines plötzlichen Schreckens wurde er an das dunkle Feld erinnert, von dem in dieser Nacht gesprochen worden war – und daß es das Gerinnen seines Blutes und das seines Gefährten bedeutet haben würde, wären sie hinausgetrieben worden, Verirrte, von der Erschöpfung Gezeichnete, die der unablässigen Kälte nicht einmal das volle Maß an Leibeswärme hätten entgegensetzen können. Nein, er dachte es nicht mit Beklemmung etwa oder mit der Kraft eines einfachen Bildes; der Geschmack der Vorstellung, der Worte nur, war von seinen Händen gekommen, als sie die kalte Mauer betasteten. – Mit einem ersten klaren Gedanken pries er den Keller, den er noch nicht kannte, und die Sinne Anders', daß sie den Weg hierher zu erkennen vermocht hatten.
»Es ist vortrefflich, daß Sie Zündhölzer gekauft haben«, sagte der Jüngere, »die Treppe führt gleich hinter der Tür steil abwärts.«
Er verlangte Matthieu die Schachtel ab und entflammte das erste Zündholz gleich hinter der Tür.
Matthieu versuchte Schnee und Eis von seiner Joppe abzuschütteln, stampfte mit den Füßen auf, blies sich

warme Luft durch die Hände, stäubte auch Anders oberflächlich mit ein paar schnellen, freilich vor Erstarrung ungeschickten Bewegungen ab.
Beim Schein des zweiten Zündholzes stiegen sie abwärts. Die Treppe war lang, gerade, von Mauern eingefaßt. Als der Schein der schwachen Flamme erloschen war, tasteten sie sich im Finstern weiter hinab. Matthieu begann die Stufen zu zählen, bereute, nicht sogleich damit begonnen zu haben. Als er die vierzigste Stufe abgerechnet hatte, setzte Anders das dritte Streichholz daran, damit sein Begleiter nicht mutlos würde. Sie befanden sich noch zehn bis zwölf Stufen über dem unteren Auftritt. Ein langer, gewölbter Gang deutete sich an.
Als sie die Sohle erreicht hatten, zögerte Matthieu, weiterzugehen.
»Wir sind hier tief im Erdboden«, sagte er.
Anders bestätigte es.
Die Wärme, diesen alten Atem der Mauern und der Tiefe, begrüßte Matthieu als wohltuend; aber er empfand mit der Wohltat zugleich den lastenden Hauch des Eingeschlossenseins. Er faßte sich zum Herzen; er hatte Furcht. Erst das Aufflammen eines neuen Zündholzes überwand die Bedrückung, die wunderlichen Vorbehalte. Er ließ sich willig beim Arm nehmen und hinwegführen.
»Wir können eine Weile im Dunkeln gehen«, sagte Anders, »der Gang führt geradeaus. Es gibt keine Stufen.«
Matthieu wollte etwas antworten, etwa, daß es ein altes Gefühl in ihm sei, im Dunkeln vorwärts zu

müssen. Aber sein Bedürfnis, dies auszudrücken, blieb schwach, unbestimmt; auch gab er sich sogleich den sonderbaren Bildern der Finsternis hin, dem bunten Feuerwerk auf der Netzhaut seiner Augen, den Fratzen, die ohne seine Einbildung aus unbekannten Tiefen heraufstiegen, dem Hindämmern in Absichten hinein, die einem nicht gehören, die sich formen, weil das Schwarze der Mutterschoß der Anfänge ist.

Er schreckte auf, als dies alles mit der Vorstellung verdrängt wurde, daß das Wesen neben ihm, das ihn führte, dessen Dasein er erfahren hatte, er selbst sei, sein zweites Selbst, sein jüngeres Selbst, das er einst hingenommen hatte und jetzt wieder empfand, deutlicher und heftiger als jemals vorher – als eine bessere Zeit seines Fleisches, einen besseren Teil oder einen gültigeren Zustand seiner Existenz, so daß sein größeres Alter zu etwas Verwerflichem wurde, zu einer unerwarteten, nicht abzuwehrenden Anklage. Er versuchte, in den Jüngeren hinüberzugleiten, sich, wie er sich bis zu diesem Augenblick empfunden oder gesehen hatte, auszulöschen, um nur noch der andere zu sein. Er war es ja auch einmal gewesen; daran zweifelte er kaum; somit konnte noch etwas vom Gewesenen in ihm sein, irgendeine Substanz oder Dimension, eine Rückläufigkeit, Umkehrung der Zeit, ein unaussprechbares Anliegen.

Die Verwandlung, die er erstrebte, blieb aus: der Junge neben ihm blieb der zweite Mensch, Anders. Matthieu tauchte aus seinem eigenartigen Verlangen, zu vergehen, in den anderen einzugehen, auf – und behielt die Gewißheit jener Liebesgewalt, die ihn

schon in der Schankstube berührt hatte, die jetzt aber wie eine Ewigkeit von ihm Besitz nahm, seine Empfindungsgrenzen ins Unüberschaubare versetzte. Er genoß die Fülle des Seins, ehemals sein Eigentum, ganz auf den anderen übertragen, durch diesen – und schmeckte zugleich mit Ekel im eigenen Aufbegehren, im gewaltigen inwendigen Liebesantrag die Ermüdung, die Hoffnungslosigkeit und die Verderbtheit der Mittel im Versuch, zwei gleiche Wesen miteinander zu verbinden, wenn zweierlei Zeit das Trennende ist.
Ihm war, als wäre er von weither gekommen, über ausgedehnte Strecken, auf Schiffen und Eisenbahnen fahrend – ohne das Bewußtsein eines Zieles, mit einer Fahrkarte, die längst abgelaufen war oder niemals Gültigkeit gehabt hatte –, um verkehrt, verändert zu werden – mit einem närrischen Resultat.
»Bis hierher bin ich gekommen«, dachte er, »aber es ist ein vergeblicher Weg gewesen. Ich werde nichts gewinnen. Ich werde plötzlich nicht wissen, wie und weshalb ich in diesen Keller geraten bin – in die Abgeschiedenheit eines mir unbekannten Bauwerks einer mir unbekannten Stadt. Ich gehe an der Seite eines Menschen, den ich bis vor kurzem nicht kannte und jetzt – gegen jede Vernunft – zu kennen glaube wie mich selbst. Warum gibt es diesen Menschen, dies zögernde Leben, das sich für mich entfaltet? Weshalb haben wir einander gefunden? – Wir sind für einander doch nur Schatten, Auslegungen, die nicht richtig sind, irgendein Halm, der in der Zeit schwimmt. –«
Er blieb stehen.

»Anders«, sagte er laut, »ich bitte dich, mir zu helfen – mit ganzer Hingabe zu helfen; es gelingt mir allein nicht, dies – unsere Begegnung – unsere Verknüpfung miteinander – auszulegen. Ich möchte nicht weitergehen, sofern ich umkehren kann. Du bist jetzt in Sicherheit vor der Kälte und dem Schneesturm. Wir sind in einem Keller, von dem du erzählt hast, daß er deine Wohnung sei. Er ist eine schlechte Wohnung, aber sie ist dir doch vertraut – widerwillig vertraut. Ich meine: du bist heute nacht von hier fortgegangen und bist jetzt zurückgekehrt. Wenn ich mich davonmache – dann ist für dich nicht eben viel geschehen. Du hast etwas Zeit verloren – gleichgültige Zeit. Dein Hunger ist nicht gestillt worden; aber es ist nicht mein Verschulden. Ich kann dir Geld geben, und so magst du dir zu essen kaufen, sofern es etwas zu kaufen gibt. Es ist das nicht meine Sache – sowenig es meine Sache war, daß du auf der Straße standest und mich ansprachst. – Wir trennen uns also. Ich gehe wieder in die Kälte hinaus; das ist meine Sache; dazu entschließe ich mich, und niemand außer mir hat dafür eine Verantwortung.«
»Sie können mich auf mancherlei Weise abschütteln«, sagte Anders und entzog Matthieu seinen Arm. »Aber was hilft es Ihnen? – Ich werde sehr traurig werden, und Sie werden es nicht vergessen können, daß Sie mich traurig gemacht haben. Hinter einer Tür, fünfzig Schritte weiter, werde ich einsam sein, zuerst – und dann vergehen, schneller verwelken als eine Blüte, die abgerupft und auf den Boden geworfen wurde. Und Sie werden es bereuen, daß Sie mich verließen; denn

Sie können den Ablauf nicht umkehren, nicht eine Begegnung wiederholen, die nur einmal sein kann. Gewiß haben Sie mich nicht gesucht; aber Sie fanden mich. Und das gilt. Geld hilft mir nicht, Sie wissen es, denn es gibt weder Brot noch Wein zu kaufen, weil eine andere Zeit gekommen ist. In dieser Stadt wird Ihnen jedermann Geld schenken, da es eine leere Versprechung wurde. In den Mund wird Ihnen niemand etwas tun. Der graue Nachtschnee wird nicht so bald hinweggenommen. Sie selbst werden in übergroßer Müdigkeit hinsinken und nicht mehr darauf achten, was Ihnen von seiten der Natur geschieht. Sie werden kein Haus finden, das sich öffnet. Sie werden keinen Menschen mehr finden, der eine Haut hat wie Sie und ich. – Warum wollen Sie mich denn verlassen, wenn es dafür keinen anderen Grund gibt als Ihren Eigensinn oder Ihre Auflehnung gegen die Ordnung, die uns zusammengeführt hat? – – Jenen, den Sie insgeheim suchen – dessen Namen Sie nicht mehr kennen, dessen Gestalt und Wesen Sie vergessen haben, der weniger als eine Erinnerung –, dieser dünnste Schein einer Sehnsucht – dieser Tropfen Vergiftung ohne Wirkung –: *er* ist nicht mehr an Ihrer Seite. Ich allein bin noch bei Ihnen.«

Matthieu empfand nur die erbarmungslose Schwärze, die ihn umspülte. Die Stimme des Jungen kam aus dem Dunkel, scheinbar von weither, gegenstandslos. Furcht befiel den Älteren nicht, wohl aber ein völliges Entsinnlichtsein, die Auflösung seines Körpergefühls. Er war wie etwas Ausgeronnenes, das versickerte, an nichts mehr gebunden oder ausgeliefert. Das Unerkennbare war die einzige Dimension in ihm und außer ihm.

»Ich werde mit dir gehen«, sagte er mit trüber Stimme. »Doch ehe du mich wieder bei der Hand nimmst, entzünde ein Streichholz, bitte – damit wir einander wieder als etwas Wirkliches erkennen –«

Anders zögerte, dem Wunsche nachzukommen.

»Wir müssen mit dem Licht sparsam sein«, sagte er verspätet. Aber dann strich er doch ein Zündholz an.

»Man zögert zuweilen«, erklärte Matthieu, um sein Verhalten zu entschuldigen; »danach ist man um so gewisser entschlossen. – Wir leisten Widerstand, weil wir uns selbst nicht kennen und den Nächsten noch weniger.«

Die magere Flamme war erloschen. Anders nahm den Redenden wieder beim Arm und führte ihn weiter. Nach ein paar Dutzend Schritten schien es diesem, als ob sie in einen wärmeren Abschnitt des Kellertunnels gekommen wären. Er blieb stehen, prüfte die Wahrnehmung, sprach darüber.

»Unter uns fließen die Abwässer der Stadt«, antwortete der Junge, »es ist die Hauptkloake. Das Schmutzwasser ist warm. Es ist eine unappetitliche Vorstellung, daß meine Behausung durch den Unrat erwärmt wird.«

»Vielleicht sind es die warmen Abwässer von Maschinen«, wandte Matthieu ein.

»Es ist die Kloake«, beharrte Anders.

Nach nochmals zwanzig Schritten berührten sie die Tür.

Diese Tür nun ließ sich nicht ohne weiteres öffnen.
Der Junge gab abermals ein Zündholz daran, und
Matthieu erkannte, daß sie kein Schloß besaß, das man
mit einem Schlüssel hätte bedienen können. Es waren
vielmehr ein paar hölzerne Knacken über die Fläche
der roh gezimmerten Bohlen verteilt, die Anders in
einer bestimmten Reihenfolge hineinstieß. Beim Bewegen des letzten gab die Tür nach. Alsbald war
wieder Schwärze, und in der Schwärze überschritten
die beiden Menschen die Schwelle. Matthieu tastete
sich allein ein paar Schritte vorwärts, da sein Begleiter
ihn nicht mehr führte. Offenbar fiel die Tür wieder zu,
und Anders verriegelte sie; jedenfalls schloß Matthieu
das aus den Geräuschen. Er hörte auch, daß der Junge
im Raum, der an der ihm eigenen dumpfen Akkumulation der Laute spürbar wurde, umherging, sich entfernte und schließlich in einer Ecke stehenblieb und
den Stumpf einer Kerze, der aus einem Flaschenhals
hervorragte, entzündete. Diese letzte Verrichtung sah
Matthieu. Beim Lichtschein, der allmählich voll und
ruhig wurde, zeigte sich ihm das Kellergeschoß, das
ihm ein paar Sekunden lang gewöhnlich, danach aber
doch sonderbar erschien.
Anders hatte davon gesprochen, daß dies seine Wohnung sei. An ein Zimmer erinnerte nichts weiter als ein
Stuhl, der wie zufällig recht in der Mitte des Raumes
stand; – und der Leuchter, sofern man Flasche und
Kerze dafür nehmen wollte. Fenster besaß das Gelaß
nicht. Das erklärte sich hinlänglich aus der Belegenheit
tief im Erdboden. Zudem hatte Matthieu noch nicht
vergessen, daß es in der Stadt auch sonst Häuser ohne

Fensteröffnungen gab – mochte der Grund dafür triftig sein oder nicht.
Trotz der Abgeschlossenheit und tiefen Belegenheit des Kellers war die Luft darin angenehm, unverbraucht, ohne eine Spur von Schalheit oder Spaak. Matthieus Augen suchten nach der Öffnung einer Ventilation; sie entdeckten keine. – Der Raum war von mittlerer Größe, etwa sechs Schritte breit und acht Schritte lang, mit einer niedrigen Kappe eingewölbt. Man konnte die Decke überall mit den Händen erreichen. Die Farbe der Wände und des Gewölbes war gleichmäßig die bestaubter Kalktünche.
»Du hast gesagt, dies sei deine Wohnung, Anders. Hast du kein Bett zum Schlafen?«
Anders zeigte auf den Fußboden, doch nicht, um anzudeuten, daß die braunen Kalkfliesen seine Lagerstatt seien; er wollte vielmehr auf eine Unregelmäßigkeit des Bodenbelags aufmerksam machen, auf eine längliche Holzklappe, die die regelmäßigen Quadrate der Steinplatten unterbrach.
Matthieu machte eine kraftlose Gebärde und fragte den noch Stummen: »Was ist darunter?«
»Sehen Sie sich das an!« wurde geantwortet. Matthieu trat näher an die Klappe heran. Ein länglicher Bretterboden, recht schmal, von einem Eichenholzrahmen eingefaßt; es hätte in einem Grabkeller der Abstieg zu verstaubten Särgen sein können. Matthieu rang diese trübe, nicht geheure Abschweifung seines Bewußtseins nieder, die einer verworrenen Erinnerung an eine alte Dorfkirche entsprang.
»Ist es eine Falltür?« fragte er den Jungen.

»Nein, mein Bett.«
»Du schläfst auf den Holzdielen?«
»Nein, darunter.«
Der knappe Wortwechsel stockte schon. Matthieu erkannte einen kleinen länglichen eisernen Ring, der an der Klappe angebracht war, offenbar, um sie daran öffnen zu können.
»Ich muß mich setzen«, sagte Anders.
Matthieu wandte sich ihm zu, half ihm, den Mantel abzulegen, schüttelte das Wasser, geschmolzenen Schnee, vom Kleidungsstück, das er dem Jungen geliehen hatte, rückte den Stuhl heran. Anders setzte sich behutsam, verzog das Gesicht. Es war grau, eingefallen, kantig, von Schmerzen gezeichnet. Er stöhnte dunkel auf, vom Frost einer Angst berührt, und erschlaffte dann wie in einer Betäubung. Er nahm seinen Zustand hin, ohne noch aufzubegehren, überwunden. Matthieu deutete die Gelassenheit vorübergehend falsch; sie beruhigte ihn. »Ich hatte ganz vergessen, daß du ein Leiden hast«, sagte er und forderte mit seiner Anteilnahme zugleich eine Auskunft.
»Sie wissen es«, stammelte der Jüngere und erledigte damit erst einmal die Neugier des anderen. Er empfand seine Schmerzen nunmehr als etwas Feuchtes, Hinrinnendes, das von klebriger Eigenschaft war, eintönig, eine schauerliche Verzerrung seines Körpergefühls, gerade noch erträglich; doch eine Einmischung in seinen kläglichen Zustand versuchte er abzuwehren. Die unverständliche Leere in seinem Kopf, ein Gefühl des Schwankens, eine weiche Nachlässigkeit erleichterten ihm die kargen, nichtssagenden Mitteilungen.

Matthieu war es plötzlich, als ob er die schauerliche Abgesondertheit des anderen, die Art, die Einzelheiten seines Leidens, nachempfände. Aber er zögerte noch, sich das, was ihn durchfuhr, voll einzugestehen. Seine Gedanken huschten im Zickzack hin und her.
»Warum ist das Bett in den Fußboden eingelassen?« fragte er.
»Warum legt man Menschen unter den Rasen, wenn sie sich nicht mehr bewegen und allerlei lästigen Verfall zeigen?« fragte der Jüngere gequält zurück.
»Das gerade wollte ich nicht denken«, sagte Matthieu, »das ist keine Parallele.«
»Auch krumme Striche wissen, daß sie gerade sein könnten, wenn sie nicht irgendein Stümper verpfuscht hätte.«
Matthieu ging auf diese so leicht anfechtbare Äußerung der Verbitterung oder der Mutlosigkeit nicht ein. Statt dessen erklärte er, zurückgreifend, daß er die Art des Leidens, das Anders heimsuche, nicht kenne.
Der Junge verzog das Antlitz zu einem entstellenden Grinsen.
»Wirklich? –« rief er. »Sie sind vergeßlich. Sie haben das gleiche – ehemals – und später noch – – Alle diese Stationen der gemeinen Heimsuchung, des körperlichen Verzichts, der Entstellung, der getäuschten Erwartung – und der brennenden Sehnsucht zugleich. – Wenn ich die Wiederkehr Ihres Alters mit fünfzehn oder sechzehn Jahren bin, etwas Aufbewahrtes, Ihre innere und äußere Ähnlichkeit – dies in Ihnen eingekerkerte ehemalige Dasein, der Schlüssel zu Ihren wichtigen Erlebnissen, die sich nicht aufgelöst haben

wie der süße Dreck der vielen Tage, die Ihnen gleichgültig geworden sind; – wenn ich dieser Schatten bin, der Sie von weither verfolgt hat, Ihnen auflauerte, sich endlich zu erkennen gab – – jetzt in Sie eindringt, abermals Bild und Fleisch geworden – – Ihr bester Freund, Ihr einziger, das Hingeworfene, das Bestand hatte –: dann kennen Sie meine Wunde!«
»Anders – es scheint unmöglich – dies Gaukelspiel –. Es darf nicht sein. Du hast mein Gesicht, meine Hände von damals – als hätte der erste Same an meinen Fingern den Mutterschoß gefunden; mein Alter, das einmal war, aber mir abhanden kam, hast du aufgelesen – – eine ungeheuerliche, bittere Zurschaustellung einer nutzlosen, unreinen Lieblichkeit – das erfahren wir aneinander – –. Doch nicht diese Wunde – man kann dir nicht diese Wunde – diese Wunde, mir einst zugefügt, die inzwischen vernarbt ist –, das Zeichen, das mich gezeichnet hat – – in den Leib hineingestoßen haben – auf gleiche Weise, damit gezeigt wird, daß wir häßlich werden können! Nein!«
Matthieu hatte abwechselnd gekeucht und geflüstert.
Der Junge, als ob er nur geschlafen hätte, richtete sich wieder auf. Sein Antlitz war wie hinter einer beschlagenen Fensterscheibe, fast weggewischt; – nur ein boshafter Nebelmund redete.
»Es ist zu spät, noch umzukehren. Alle Türen sind ins Schloß gefallen. Alle Straßen sind verschüttet. Sie haben erkannt, wer ich bin. Sie wissen, daß Sie sich selbst begegnet sind. Die Lüge ist keine Zuflucht mehr. Sie sind mitten im Geständnis. Man hat Ihnen

ein Messer langsam in den Bauch getrieben. Eine krause rote Narbe ist Ihnen davon erhalten. –«
Matthieu begann zu schreien.
»Du siehst mich nackend, denn du beschreibst meine Entstellung. Du weißt, daß man mich niederwarf, um mich abzutun. Du kennst die Wirklichkeit, die sich mich zum Schauplatz wählte. Eine Rotte junger Verschwörer machte in meiner Haut den Einlaß für Engel und Dämonen. – Diese Veränderung der Empfindungen durch und durch damals – dies Bewußtwerden, süßer Schlamm zu sein, zu Boden geworfen, blutend – und dann einen Engel zu erkennen, dem man verfällt – in blinder Liebe überantwortet wird. Diese Veränderung – blutend, aufgeklafft – ein halb Ermordeter, in dessen Eingeweide gierige Gespenster starren und sich hinein ergießen mit unablässig wirkendem schleimigem Spott – alles verkehrend, Gedanken und Wünsche. Nein! Du sollst diese Wunde nicht haben! Sie ist mein Schicksal, war mir zugeteilt. Meine Unfertigkeit – die Säfte in mir, die mich bemeisterten, mich mit Ungestüm an das Schäbige auslieferten, mich mit übernatürlicher Schändlichkeit verwirrten – –«
Er vollendete den Satz nicht. In wirrer Schau betrachtete er sich selbst wie einen Fremden, mitleidlos. Und es schwächte ihn wie ein erheblicher Blutverlust.
»Nein«, wiederholte er, »– der Spiegel kann getäuscht haben. Als lebender Mensch, mir entgegenkommend, hätte ich dich niemals erkennen können. Ich erkannte dich im Spiegel – hinter einer trügerischen Glasscheibe. Er weckte meine Erinnerung, denn ich habe mich ehemals oft im Spiegel betrachtet. Aber es ist wahr-

scheinlich, daß der Spiegel log. So ein Wirtshausspiegel mit der eingeätzten Reklameschrift einer Brauerei.«
»Wir haben unsere Hände nebeneinandergelegt«, versuchte Anders einzuwenden. »Und warum eigentlich sollten wir nicht die gleichen sein? Warum sollte sich die Schöpfung diesen Zufall nicht ausdenken können? Worin denn unterscheiden wir uns? – Fleisch und Knochen, das sind Wiederholungen an sich. Und Gedanken haben wir und Worte wie gemeinsame Spielzeuge. Augen und Lippen haben wir, uns zu verständigen, unser ineinander verschränktes Gedächtnis zu stärken – und so einen männlichen Zierat, dessen inwendiger Wille uns überfällt. Damit dies alles an uns zweien unbezweifelbar wird: die gemeinsame Wunde. Bei der Verschmelzung zur völligen Gleichheit stören uns nur ein paar Jahre, die dem einen zu viel, dem anderen zu wenig gegeben wurden.«
»Das hört sich an, als ob keine Lüge darin sein könnte; dennoch – – du siehst mich nackend – vielmehr, ich bin nackend; das leistet der Fälschung Vorschub.« Matthieu schwieg eine Weile und fuhr dann fort: »– Sonderbar, ich habe in dieser Nacht schon einmal die Entdeckung gemacht, daß ich mich nicht verbergen kann, nicht mehr beschützt bin. Du aber bist der andere in Kleidern geblieben. Du bist nicht aus der Übereinkunft entfernt worden.«
Ohne ein Wort der Erklärung begann Anders sich auszuziehen. Im ersten Augenblick begriff Matthieu nicht, was der Junge vorhatte. Doch dann lag die Jacke am Boden, und die Hose wurde aufgeknöpft.

»Nein, ich will nicht, daß du dies tust! –«
»Ich möchte mich ins Bett legen«, erklärte Anders schlicht, »es ist notwendig.«
Er trug kein Hemd. Die Jacke war zerrissen gewesen. Die Hose klaffte über dem einen Schenkel. Und alsbald stand der Junge da mit einem Fetzen über der Magengrube und dem Nabel. Und dieser Fetzen war blutgetränkt. Ein Lappen, grau von Farbe, hatte diesen geronnenen Fleck.

Matthieu war es, als ob er einen Stoß gegen die Brust erhalten hätte – und einen zweiten, schmerzhafteren dazu; er hätte nicht angeben können, wohin. Er begriff nicht, wer oder was diese Schläge geführt haben konnte. Jedenfalls erbebte sein Körper bis in die Wurzeln der Adern. Seine Knie gaben nach. Aber er wußte doch, daß es nicht seine Erinnerung war, die ihn übermannt hatte; sie hatte sich kaum geregt. Die Erschütterung glich vielmehr einem harten chirurgischen Eingriff, der ohne Vorbereitung, ohne Betäubung vorgenommen wird. Der plötzliche Verlust eines Organs wird zur Gewißheit, irgendeine Stufe der Entselbstung.
Unmittelbar darauf brandete gebieterisches Mitleid, eine unsägliche Regung der Zuneigung und des Helfenwollens heran. Mit Mühe nur hatte er einen Schrei unterdrückt. Jetzt näherte er sich dem Jungen.
»Anders – ich konnte nicht wissen, daß du so leidest. – Du hast dein Hemd zerrissen, um die Wunde zu bedecken. – Ich fasse es nicht, daß du diese schmerzende Abscheulichkeit ertragen hast – seit unserer Begegnung – ohne mir die Verletzung zu verraten. –«

Er wagte nicht, laut oder schnell zu sprechen. Er nahm den Jungen bei den Schultern, hob ihn zärtlich auf, trug ihn zum Stuhl zurück, setzte ihn sanft nieder.
»Ich bin fahrlässig gewesen. Ich hätte in dich dringen sollen, als ich merkte, daß dir das Gehen schwerfiel. – Ich habe dich eine Weile getragen, gewiß; aber ich hätte dich behutsamer behandeln müssen.«
Anders streckte die Beine von sich und riß in einem knabenhaften Entschluß mit einer einzigen raschen Bewegung der Hand die verklebten Fetzen ab. Eine Art dunklen Stöhnens entfuhr ihm dabei. Der Speichel zwischen seinen Lippen bildete ein paar Blasen, die zerplatzten. Dann sagte er ruhig:
»Nehmen Sie die Kerze. Schauen Sie mich genau an! Man hat mir ein Loch gemacht. Ich bin offen.«
Matthieu blieb unschlüssig an seinem Platz. Der Widerhall des Stöhnens war noch in seinem Ohr, als wäre es die Melodie einer Muschel, gegen seine Wange gepreßt. Dann trug er den Kerzenstumpf herbei und beleuchtete die Wunde. Sie war nicht groß; ein schmutzig umrandeter Schnitt; doch öffnete sie sich tief und zeigte auf dem Grunde etwas rosig Rundes, den winzigen Teil eines krausen Innengemäldes, etwas vom erdigen Stoff oder Ursprung dieser fünfzehn- oder sechzehnjährigen Gestalt.
Matthieu stellte die Flasche mit dem Kerzenstumpf an ihren ersten Platz in der Ecke zurück. Er überlegte, was er reden, was er handeln solle. Anders kam ihm zuvor.
»Es steht nicht gut mit mir. Sie werden vergeblich nach einem Arzt für mich suchen. Die Ärzte dieser

Stadt schlafen; sie sind schwarz. Außerdem hat der Schnee die Straßen verschüttet. Und die Kälte läßt die Lungen zu Stein gefrieren.«

»Es muß eine Barmherzigkeit geben«, sagte Matthieu. »Wenn ich alles aufbiete: meine Liebe zu dir, die Gedanken, die mein Hirn hervorbringen kann, das Wasser in meinem Munde, dich zu tränken, mein Blut zwischen den Muskeln, dich zu sättigen, meine Kleidung, dich zu wärmen – dann muß eine Barmherzigkeit außer uns auch hierher dringen.«

Anders reckte sich ein wenig und schaute mit unfreiwilliger, trauriger Begierde über sich hin.

»Wie schön würde ich sein, wenn ich diesen Schmutz nicht an mir hätte! Wie angenehm würden wir es miteinander haben können! Ich würde alles verschenken – –«

»Schweig doch!«

»Ohne die Entstellung würden wir einander niemals begegnet sein. Sie wären niemals in diese Stadt gekommen. Man will uns beide vergeuden, den einen durch den anderen. –«

»Ich will mir wirre Rede nicht anhören«, entfuhr es Matthieu. Seine Stimme klang verhärtet. Mit bitterem Übereifer hatte er nur das Anstößige der Aussage aufgefaßt, nicht aber die einfältige Klage über den Verlust einer Freude, die noch keinen Namen erhalten hatte.

»Wirre Ereignisse machen das Leben aus«, gab der Junge altklug zurück, »wirre Reden haben verborgene Vernunft.«

Matthieu blieb verstockt. Die Regungen des Mitleids,

vor wenigen Minuten noch unwiderstehlich, waren aus ihm entfernt. Die Substanz seines Bewußtseins war unfaßbar schnell vom Gift der Gleichgültigkeit gelähmt. Er spürte Müdigkeit, Erschöpfung, Leere. Das Empfinden, als Mensch zu bestehen, war wie von Nebel umgeben. Undeutlich, fern von seiner Anteilnahme, sah er sich in einer belanglosen Zeit unter einem grauen Himmel im Versteck eines laublosen Gebüsches zu Boden geworfen, roh entblößt, von unschuldig-ruchlosen jungen Burschen bedrängt und gequält als ihr Feind; – und einer schnitt ihm ins Fleisch, versuchte, ihn mit den Fingern aufzureißen. Er schrie damals, ehe man ihn knebelte. Jemand, den er nicht kannte, halbwüchsig, ein noch kindhafter Engel, zwar unerkennbar, weil er kein Zeichen hatte, das ihn hervorhob, verhinderte die Fortsetzung des Schlachtens. Ein Engel, braun, nackt, mit den Muskeln eines Knaben, nicht ein feierlich weißer Beschützer, ein Straßenjunge, unehelich geboren, wie man später erfuhr, irgendein unerfahrener Mensch, den nichts auszeichnete, der hinterher bekleidet war wie die anderen Rüpel, brachte ihm Hilfe, bewahrte ihn davor, schon damals Moder in den Mund zu bekommen. – Und jetzt hatte dieser Junge vom Keller die gleiche Wunde. Warum die Wiederholung? War es denn sinnvoll gewesen, daß er am Leben blieb? Daß ihm ein Engel beigegeben wurde von mittelmäßigem Charakter, der sich schlechter auf das Dasein verstand als verständige Menschen? Der nichts Besseres konnte, als ihn in jahrelanger Wanderung über schwarze Felder, schwarze Straßen, durch schwarze

Wälder und schwarze Wasser in eine schwarze Stadt zu führen, damit er dort anlange, wo die Wanderung begann: bei einem verwundeten Matthieu, fünfzehn Jahre alt, weißen Leibes, doch mit Blut beschmiert und für alle Zukunft an seinem glatten Bauch mit einer roten Narbe verunstaltet?

»Es will mir scheinen, daß ich weiß, warum mich die Rüpel von der Straße ermorden wollten und wer sie daran hinderte, mir vollends den Garaus zu machen. So erzähle mir denn, wie es sich mit dir zugetragen hat!«

Anders bedachte sich nicht lange.

»Die Menschen dieser Stadt sind durchschnittlich und haben ein gewöhnliches Leben voller Mühen. Sie sind genügsam, fleißig und ordnungsliebend. Sie wohnen ein paar Jahrzehnte lang in ihren Häusern; dann werden sie entfernt, verschwinden auf dem großen schwarzen Feld, das die Stadt einfaßt. Manche werden in den Fluß geworfen. Alle tragen Kleider, weil ihr Leib schwarz wie Kohle ist. Man erfährt von keinem, ob, wenn sie nackt sind, die Schwärze ihr Glück vermehrt. Wer unter ihnen weiß ist und ein Alter erreicht, das ihnen als das angenehmste gilt, erregt ihren Zorn, weil sie sich hintergangen fühlen, getäuscht. Sie erschlagen den Fremdling nicht sogleich; sie kennen eine langsam wirkende Tötungsart. Sie verwunden den Auszustoßenden. Anfangs schwächen sie ihn nur mit kleinen Blutverlusten. Tag für Tag setzen sie ihr Messer an. Allmählich schneiden sie tiefer. – Mit mir ist es soweit gekommen, daß sie mich ausgesetzt haben, denn meine Wunde kann nicht mehr heilen.«

Matthieu nahm die Rede ohne sonderliche Anteilnahme hin. Sie verwunderte ihn nicht. Er fand nichts Ungewöhnliches darin. »Es sind die Gesetze dieser Stadt, die man handhabt«, dachte er flüchtig, »Menschen aus Kohle, die zuweilen weiß geschminkt sind, bestehen auf ihre Vorrechte.« Er fragte indessen:
»Wie, auf welche Weise bist du hierhergekommen? Du wurdest hier nicht von schwarzen Eltern geboren?«
»Wie, auf welche Weise sind Sie hierher gelangt?« fragte der Junge zurück.
Matthieu antwortete nicht. Es war ihm zu mühevoll, sich zu erklären; seine Gedanken waren unscharf und voll sonderbarer Lücken. Er versuchte, eine Vorstellung von sich und seiner Lage zu gewinnen; aber er erfuhr nichts Verläßliches. Zu seiner eigenen Verwunderung begann er sein Körpergefühl zu prüfen. Er vermißte den Speichelfluß in seinem Munde; er verspürte keinen Harndrang; sein Herz schlug so gleichmäßig, wie ein Pendel schwingt, gedämpft; er atmete unauffällig wie im Schlafe. »Ich habe keinerlei Verlangen«, stellte er fest, »kein Bedürfnis bedrängt mich. – Mein Gehirn gleicht einem Sumpf, der unter einem regenlosen Himmel austrocknet. –«
Der Junge, mager, schmalhüftig, flach wie ein Leichnam, mehr ein grauer Gipsabguß als ein warmer Mensch, hatte die Beine von sich gestreckt, so daß ein neuer Erguß schwarzen Blutes in einer krausen Linie an seiner linken Weiche seitlich herabrann. Dies Zeichen wie eine schwarze Ader im hellen Gestein sah Matthieu. Er fragte nach Wasser, nach einem Gefäß.

»Es gibt kein Wasser, es gibt kein Gefäß«, antwortete der Junge.

»Es muß doch irgendein Gerät, irgendeine Möglichkeit – –«

»Öffnen Sie die Klappe im Fußboden! Es ist höchste Zeit.«

Der Ältere gehorchte. Er faßte den Ring, zog, hob den Deckel, der sich seitlich aufklappte und fast senkrecht, gegen die Wand gelehnt, geöffnet blieb. Matthieu erkannte eine längliche, ausgemauerte Grube und darin, genau hineingepaßt, eine schmale Bettstatt mit Kissen, Laken und Decken, gleichsam anheimelnd; – ein unerwarteter Gegensatz zum kalten Kellergelaß. Freilich war die Belegenheit nicht nur ungewöhnlich, sondern auch beunruhigend; der Schlafort glich einem Grab oder einem Sarg, bequemer ausgestattet, ein wenig geräumiger –.

»Schläfst du immer in dieser Vertiefung?« fragte Matthieu, obgleich es ihm schon bedeutet worden war.

Der Junge nickte mit dem Kopfe. Er richtete sich dabei im Stuhle auf, hob die Arme aufwärts, reckte sich.

Im gleichen Augenblick erweiterte sich die Wunde und etwas seiner Eingeweide sprang heraus. Er stöhnte, sank gekrümmt zusammen. Matthieu eilte herzu, nahm ihn in die Arme.

»Sie müssen mich ins Bett bringen.«

»Ich sehe wenig. Ich möchte die Kerze näherstellen. Lehne dich einen Augenblick gegen die Wand. Ich helfe dir dann.«

Matthieu tat behutsam, was er vorhatte. Die Kerze

leuchtete nun in den Graben der Bettstatt. Der Ältere kniete nieder, schlug die Decke zurück. Dann hob er den Jungen abwärts ins Bett.
Ratlos bestarrte Matthieu das Jammerbild. Gern hätte er den Betteppich sogleich über die Schmerzensgestalt gezogen; doch der Zustand des Jungen verbot es. Man durfte sich ihm nicht leichtfertig entziehen. Die Eingeweide mußten in die Leibeshöhle zurück. Matthieu ahnte wohl, daß er den Tod nicht würde zurückdrängen können; aber er wollte sich ihm, wenn auch wehrlos, entgegenstellen. In Wahrheit: er konnte diesen Tod nicht denken. Er wußte nicht, was es hier zu gewinnen oder zu verlieren gab. Das Liebesgefühl, das sich so ganz davongemacht hatte, kehrte zurück und mit ihm eine unbestimmte Selbstanklage, der Vorwurf, daß er in der ersten trüben Verwirrung schon zurückgewichen war, dem Notruf des anderen nicht eigentlich gehorcht hatte. Aber er blieb auch jetzt ratlos.
»Jüngerer Matthieu, Anders, mein armer Junge«, flüsterte er, »mein armer Junge –«
»Bald wird es nur noch Sie und mich geben. Es wird kein Licht mehr geben, nur Dunkelheit. Uns wird nur das Gefühl aneinander bleiben – wenn Sie es nicht verschmähen.«
»Sag mir, was soll ich tun!«
»Wärme –« sagte der Junge, »steigen Sie zu mir herab, berühren Sie mich mit Ihrer Wärme! Denken Sie nicht an die Kälte, die von mir ausgeht! Küssen Sie mir den Mund! Eine Freude habe ich noch zu vergeben. –«
»Das ist das Falsche«, sagte Matthieu, »ich will dich

wärmen, ich will mich zu dir legen, doch nicht, um etwas zu gewinnen. Dir muß geholfen werden. Ich muß nachdenken, wie ich dir helfen kann. Ich muß das fast Unmögliche versuchen.«

»Das ist das Falsche. Ich werde nicht mehr lange lauwarmes Fleisch sein. Ich habe auf der Straße gestanden, ausgesetzt, bereit zu einem letzten Vergnügen. Aber Sie verschmähen es. Sie nehmen nichts an. Meine Häßlichkeit beleidigt Sie. Meine guten Jahre helfen nichts. Meine Ähnlichkeit mit Ihnen ist vergeblich. Eine einzige Wunde verhindert die Freude. Sie vernichtet die Stunde. Sie löscht uns aus. – Vergessen Sie bitte nicht, Matthieu, daß Sie ohne mich, ohne Ihr eigenes Alter fünfzehn oder sechzehn nicht leben können. Man vernichtet Sie mit fünfundzwanzig, wenn Sie die Sechzehn nicht überlebt haben.«

»Mein armer Junge – ich höre, was du sprichst. Es ist eine sinnvolle Unvernunft darin, doch keine Hilfe. Das Fieber entstellt die Wirklichkeit. Glaube mir, wir müssen uns auf nüchterne Art verständigen, einen Plan erfinden, damit diese Gruft sich öffnet, die schwarze Stadt versinkt und Tag wird. Eine ungeheuerliche Dimension hat den geordneten Ablauf verdrängt; aber die Ausschreitung wird nicht lange bestehen. Die Begebnisse, die aus den Fugen geratene Wirklichkeit, werden aus dem Chaos zurückfinden. Und es wird nichts weiter Bestand haben, als daß ich dich gefunden habe, uns beiden zum Segen.«

Ein fiebriger Blick, fremdartig, verschleiert, streifte Matthieu. Dieser erbebte, es dröhnte in ihm; er glaubte schon, daß sein junger Freund nach der ande-

ren Seite der Finsternis hinüberglitte. Doch der Mund unter den Augen begann sich zu bewegen.
»Sie vergessen den Ort, der uns festhält. Sie wollen nicht, was ich will. Sie träumen noch von einer Welt, die uns längst ausgestoßen hat. Wir sind nur noch etwas für einander. Die Räume, die wir verlassen haben, bestehen nicht mehr. Wir sind in der größten Einsamkeit und schauen in unserer Nacktheit mit Ekel und Mitleid aufeinander und erwarten das Letzte: die Unvernunft eines Begehrens, eine Forderung der Liebe, das Verbrechen des einen gegen den anderen. Warum wollen Sie mein Mörder nicht werden? Was hält Sie zurück? Warum wollen Sie mein Sterben der lieblosen Verstümmelung überlassen? Es ist nichts Erhabenes, an einer schäbigen Wunde umzukommen. Wüten Sie doch gegen mich, Matthieu! Zerfetzen Sie mich! Kann es in dieser Gruft, an diesem Ort ohne Nebenort, noch eine andere Freude geben als den Mord, dem sich niemand widersetzt? – Halb ist er schon vollbracht. Warum feilschen wir um die andere Hälfte?«
»Mein armer Junge – das sind nicht deine Gedanken. Der Kummer und die Verzweiflung sprechen aus dir. Du suchst unbekannte, erdachte Wonnen, die, überfielen sie dich, bitterer wären als alles andere. Dein Wunsch ist Betrug an dir und mir. Die Trübsal, in der wir jetzt sind, befiehlt dir, eine Tür zu durchschreiten, die sich nur einmal öffnet. Nein – nein, ich will nicht der sein, der sie hinter dir zuschlägt. Wir müssen nichts Unwiderrufliches tun. Wir werfen uns noch nicht hinter die Hecke, um uns das Leben abzuwürgen, Strolche, die ihr schmähliches Dasein zurücklie-

fern. Wir werden die Kräfte unseres Herzens zugleich aufbieten und sie einsetzen – wenn wir den Feind, unseren Feind, den Feind unseres Wohlseins auch nicht kennen.«

Anders gab einen grunzenden Laut von sich, den Matthieu nicht deuten konnte. Er schaute beunruhigt auf den Jungen hinab, der bewegungslos dalag, auf die Wunde, die unsinnigerweise noch immer vernachlässigt war. Unbeschirmt regte sich eine Schlinge des Gekröses, eine schmutzige Blase.

Matthieu, noch eben zuversichtlich, fühlte sich der unbestimmten Aufgabe, die ihm gestellt war, nicht gewachsen. Die Kräfte seines Herzens, auf die er sich berufen hatte, hielten nicht stand. Er fühlte Blei an den Füßen. Der Zustand des gepeinigten Jungen flößte ihm Entsetzen ein. Entsetzen und eine rätselhafte Unschlüssigkeit. Er sprach nochmals den Namen des Jungen. Wieder kam der Blick des anderen zu ihm – irgendein hingestreuter Blick.

»Jüngerer Matthieu – ich werde hinauseilen, mir die Hände im Schnee reinigen, dann versuche ich, die Wunde zu behandeln.«

»Sie dürfen nicht hinaus. Sie können es nicht einmal«, antwortete der Junge bestimmt. »Um meine Wunde zu berühren, sind Ihre Finger sauber genug. Sie werden, auch ungewaschen, sauberer sein als das brandige Blut. Es gelüstet Sie, weil Sie an dunkle Pflichten glauben, das Eingeweide wieder an seinen Platz zu bringen. Doch wozu? Sie sind nur eigenwillig. Schließlich muß man Sie gewähren lassen, weil Sie der Ältere sind. Ich werde stillhalten.«

»Was ich auch anstelle, es ist fahrlässig«, seufzte Matthieu. Er versuchte mit fast unerträglicher Anstrengung seinen Geist zu sammeln: aber ein kaltblütiger Widerstand in seinem Hirn machte den Versuch zunichte. Es gelang ihm noch immer nicht, das armselige Geheimnis dieser Begegnung, dieser Stunde, dieses Ortes zu lösen. Der komplizierte Apparat aus Fleisch, Blut, Nerven, sein Körper, sein Eigentum, in dem er enthalten war, verweigerte den Gehorsam. Da waren nur seine zitternden Hände, die er wahrnahm. Er spürte den Schwindel der Angst, der der unauslotbaren Angst vorausgeht. Mit einem kaum noch menschlichen Entschluß begann er wieder zu sprechen. Jedes Wort mußte er seinem untergehenden Bewußtsein abtrotzen. Und es war doch nur ein armseliges Hersagen dessen, was zu tun ihm nicht erspart bleiben konnte.
»Ich werde – das Hervorgekommene in deinen Leib – zurückbringen. Bitte – schrei nicht zu laut – versuche, dich nicht zu rühren. –«
Er fügte, mit weniger Überwindung, hinzu:
»Wir sind so arm und so entblößt wie bei der Geburt – so blutig – und noch verlassener. – Ganz ohne Beistand.«
Anders antwortete nicht. Er preßte die Lippen fest zusammen, offenbar entschlossen, hinzunehmen, was ihm zugefügt werden würde. Matthieu, der dies Verhalten auf seine Weise deutete, als einen Entschluß, das Dasein weiter zu begrüßen, es nicht wie eine frühreife Frucht abzuschütteln, mußte noch einmal einen Anfall von Zerstreutheit verjagen. Er war zu

wenig gegen die Erschöpfung, die sich mehr und mehr in ihm ausbreitete, auf der Hut. Er vergaß gleichsam, daß er in der Zeit war. Sekunden, Minuten, Stunden vielleicht, sie hatten die gleiche Länge oder Ausdauer. Eine betäubend schwüle Langsamkeit seiner Sinne verwischte Gewicht und Reihenfolge dieses Abenteuers und aller anderen immer wieder. Seine Erinnerung verfaulte.

Jetzt kniete er neben dem vertieften Bett nieder, streckte die rechte Hand nach der Wunde aus, sich vorsichtig durch die Luft tastend. Unerwartet, mit einer raschen Bewegung, ergriff Anders seinen Arm, packte ihn fest, hielt die Bewegung an, um den Schmerz, der unvermeidbar war, noch hinauszuzögern. So jedenfalls deutete Matthieu die plötzliche Einmischung.

»Ich werde sehr behutsam sein, Anders«, flüsterte er. Der Junge kniff die Augenlider zusammen, preßte den Mund so stark nach innen, daß er nur noch wie ein Strich war, ein verriegelter Spalt.

Dann gab es einen Ruck in Matthieu. Er sah nichts mehr. Er stürzte vornüber, griff mit der freien Hand zuerst ins Leere; dann stützte er sich – und den Halt, den er bekam, gab ihm der Körper des Jungen, den er irgendwo unter sich fand.

In diesem Augenblick, halb hingesunken, erkennt er klar, allzu klar, was geschehen ist. Die Kerze war niedergebrannt; der Docht ist mit dem letzten geschmolzenen Stearin in den Flaschenhals hinabgefallen und erloschen. Zugleich – als wäre der Einbruch der

Finsternis das Zeichen gewesen, auf das Anders gewartet, hatte dieser den Arm, den er umklammert gehalten, abwärts gestoßen, in sich hinein. Das Entsetzen, das Matthieu empfindet, ist jenseits der Einbildungskraft; es macht ihn erstarren. Er kann eine Weile lang nichts anderes tun, als sich aufzustützen. Er stellt fest, daß es das eine Knie des Jungen ist, auf das er sich stützt. Dann gibt er sich Rechenschaft von seiner rechten Hand.

Sie ist durch die Wunde in den Leib eingedrungen. Er hat den Widerstand gespürt, den die zu enge Öffnung dem gewaltsamen Stoß entgegensetzte. Die Wut des Jungen, sein Todeswille übergingen den Schmerz und die Zähigkeit des Fleisches. Diese Umkehrung einer Geburt wurde nicht verhindert.

Die Hand ist vom warmen Schaum der Eingeweide umgeben. Würde Matthieu ins Dunkel zugreifen, er würde eine Erfahrung gewinnen, eine Gewißheit – lächerlich klein, verglichen mit dem ungeheuren Horizont der Sehnsüchte –; aber doch eine Gewißheit: daß man das Herz eines Menschen zerdrücken kann.

Das Entsetzen, zu dessen Abscheulichkeit er keinen Vergleich kennt, hat ihn nicht ruchlos oder auch nur tollkühn gemacht. Er ist kein Marodeur. Sein Gehirn ist vereist, sein Pulsschlag hat ausgesetzt; aber er gibt sich dem Verhängnis nicht hin, er stürzt nicht in den Abgrund. Er fühlt, daß seine Hand wie durch die Masche eines Netzes geschlüpft ist, die für diese Hand zu eng war. Sie ist gefangen. Sie ist im inwendigen Raum eines Menschen, eines Jungen, den er liebt. Sie ist wie die eines Mörders. Er muß sie wieder zu sich

ziehen. Sie kann nicht bleiben, wo sie ist. Jede Bewegung aber, der Versuch schon, die Hand herauszuziehen, bereitet dem Opfer dröhnenden Schmerz. Matthieu zögert. Er horcht in der Finsternis auf irgendeine Äußerung des anderen. Der Mörder erwartet eine Bewegung, einen Schrei, eine gewaltsame Auflehnung. Doch nur der Laut eines dünnen Atems wird vernehmbar, ein fast Nichts an Geräusch.
Mit großer Überwindung, doch auch empört, zog Matthieu die Hand an. Sie glitt, leichter, als er vermutet hatte, durch die Öffnung, die sich als dehnbar erwies. Mit der linken klammerte er sich noch einmal dem Kniegelenk an, vergewisserte sich, daß der Körper nicht mit der Dunkelheit hinweggenommen worden war.
Matthieu richtete sich auf; doch abermals beugte er sich abwärts. Die Stummheit des Jungen war eine Bedrohung, das Zeichen einer entwürdigenden Verwandlung – –
Der Kopf war noch da, die Brust – er war noch da, der jüngere Matthieu – von den Zehen bis zum Haupthaar –. Aber er sank abwärts. Fünfzehn oder sechzehn bekömmliche Jahre wurden fortgerissen, ungeschehen gemacht. Eine Form, die schönste, die Matthieu gewinnen konnte, verlor sich in Dunkelheit, zerfiel oder wurde entzogen. Der Zweck des erregten Wachstums wurde zurückgenommen.
Matthieu hörte ein Stöhnen, dessen Lautfarbe er wiedererkannte, das tiefe Stöhnen der Qual, die das Bewußtsein schon halb zerstört hat. Die Lippen des Jungen hatten sich wohl entspannt und geöffnet. Der

ausgestoßene Ton war tiefer, weich orgelnder als zuvor, wie eine letzte Aussage.
Matthieu wollte schreien. Er konnte es nicht. Die Angst, bisher immer wieder zurückgedrängt oder durch armselige Hoffnungen eingeschüchtert, hatte das Leben erobert. Mit dumpfen Schauern überantwortete er sich. Er fühlte, wie sein Hirn schwitzte und dieser innerste Schweiß zu einem auflösenden Gift wurde, zu einer inwendigen Dunkelheit, die der Finsternis um ihn her entsprach. Und eine Stille begann zugleich in ihm zu toben, ein Brausen ohne Schall. Seine Vorstellungen, die gütigen, gewohnten Beruhigungen der Lebenszuversicht gehorchten ihm nicht mehr. Das unfaßbare Phantom, das keinen gültigen Namen hatte, war wie ein Wurzelgeflecht in jede Zelle seines Körpers eingedrungen. Er zappelte noch in diesem Flammennetz. Er empfand noch die widerliche Durchdringung, die ihn vernichtete. Er atmete noch. Ihm ging Wasser ab. Er beschmutzte sich.
Sein geknebeltes Empfinden, die ausgebrannten Sehnsüchte, die veraschten Freuden sammelten sich zu einem einzigen Gefühl der Reue, der Vergeblichkeit, des Verlassenseins. Er weiß nicht mehr, was er am anderen geliebt hat; die sechzehn Jahre, sich selbst, die anmutige Gestalt, die kaum verdorbenen Hände, den Mund, den er vergessen hat zu küssen, das Geschlecht, irgendein Hinsinken, für das der Name fehlt –. Ob er überhaupt jemals geliebt hat, sich an einen anderen hinwarf? Mit einem einzigen Kohlestrich ist alles ungültig gemacht. Ohne Vergangenheit steht er den feindlich gewordenen Bildern gegenüber, deren wi-

derliche Farben die Dimension des Gestanks haben, besessen von einer körperlichen Angst, von der Angst seines Körpers, dessen Schreie erstickt sind.
Er weiß noch gerade, daß er umhergeht, durchnaß vom Todesschrecken. Er hört noch das Gepolter der zuschlagenden Klappe. Dieser Laut, gewaltiger als Donner, der Stoß aus tausend Posaunen wie das Brüllen eines berstenden Berges, befreit ihn noch einmal aus der Umklammerung. Ja, er wischt sich den Schweiß von der Stirn und aus den Haaren; mit einer Art Beschämung stellt er die Besudelung fest, spricht etwas Vernünftiges, das er freilich nicht mit ganzer Schärfe denkt, das aber der Mechanik seines Geistes entspringt:
»Anders ist tot. Man hat den Sarg geschlossen. Es ist ein niederschmetternder Ausgang.«
Dann entschließt er sich, die Stirn zu bieten. Er will fliehen. Er will das Freie gewinnen. Um jeden Preis will er diese Kellergruft verlassen. Er beginnt zu wandern. Er wirft mit den Füßen die Flasche, die als Kerzenhalter diente, um. Er ist mit seinen Füßen auf der Luke, unter der, ausgestreckt, nackt, nicht einmal in die Bettdecke gehüllt, der verstümmelte Tote liegt. Matthieus Rippen heben sich; ein schmerzhafter, röchelnder Seufzer entringt sich ihm. Er hat das Verlangen, zu weinen; aber seine Augen bleiben trocken. Er sucht die Wände ab. Er will die Tür finden. Er findet sie nicht. Er tastet und tastet. Er geht umher. Er zeichnet in die Schwärze den Grundriß des Kellers, die vier Seiten der Mauern. Er kriecht auf dem Boden umher. Er findet die Tür nicht. Er bezweifelt, daß sie

vorhanden ist. Ja, sie ist so wenig vorhanden wie die inzwischen weggewischten sechzehn Jahre. Er sucht die letzten Zündhölzer. Er findet sie nicht. Er durchwühlt die Taschen der Jacke und der Hose, die irgendwo am Boden liegen. Er findet die Zündhölzer nicht. Er greift in den blutgetränkten Lumpen, der die Wunde Anders' bedeckte. Angeekelt wirft er ihn fort. Aber die eigenen Hände bewahren den Dunst von Blut und Schleim. Er findet die Zündhölzer nicht. Die Finsternis ist unerträglich. Sie ist so eng, daß sie ihm die Brust eindrückt. Er sagt plötzlich: »Ich kann nicht weiter. Ich bin gefangen. Ich bin eingemauert.«
Mit diesen Worten gibt er sich der Angst, die ihren Zugriff ein wenig gelockert hat, endgültig preis. Das augenlose Gesicht preßt sich ihm entgegen. Er weicht zurück. Er gerät mit dem Rücken gegen die Mauer. Er starrt in die Schwärze, in diese äußerste Schwärze, in der er nicht bestehen kann. Aber sie vermag ihn auch nicht aufzunehmen, diese kohlenschwarze Gravitation, diese alles vernichtende Ungeburt. Er würde außer ihr liegenbleiben, hingeschleudert, erstarrt mit dem fleischlichen Schrecken ohnegleichen.
Er lehnte sich auf, zum letzten Male. Er spie in die Nacht, versuchte, ob sein Speichel von der Wand aus Nichts zurückprallen würde. Er bewegte sich noch einmal umher, betrampelte die Bohlen der Luke im Boden, rief den Namen des anderen in die Gruft hinab, begehrte, der Tote in der Verwesung zu sein, schrie Worte verzerrter Anklage, berief sich auf seine Wärme, sein Blut, sein Fleisch, seinen Samen, sein Hirn, seine Sinne, seine Geburt, sein Gewesensein, auf

diese untaugliche Summe. Es war ein Aufschwung ins Leere. Er besaß das Dasein nicht mehr, das er vorgab besessen zu haben. Seine Erinnerung war durch den wilden Wahnsinn der Verzweiflung vernichtet. Wie die Berührung durch eine Gestalt fühlte er die Angst. Sie stand da und verstellte ihm den Weg. Er war in sie eingegossen; sie war die Form seines Wesens, seines Körpers. Irgendein Impuls befahl ihm, sie zu zerbrechen, den Versuch zu wagen, das Gebilde seiner Einmauerung zu durchstoßen, den Schrecken hinter sich zu lassen als leere Hülle.

Er rannte, geduckt, den Kopf voran, blindlings vorwärts. Er stolperte noch, kurz vor dem Ziel. Der Anprall war hart. Der Schmerz war groß wie eine Welt, aber so kurz, daß Matthieu nicht einmal aufschrie. Er richtete sich vor der Mauer auf, schon ganz befreit von den verwüstenden Dolchstichen in seinen Schädel. Er empfand einen Augenblick so etwas wie Zerstreutheit, als hätte er eine Tür geöffnet, durch die er gar nicht hatte gehen wollen – oder als wäre er in seinem Bett erwacht und hätte sein Zimmer nicht sogleich als das seine wiedererkannt, weil er im Traum entrückt gewesen war.

Dann fiel er. Er spürte das Umkippen. Doch der Fall, so unvermeidbar er war, verlangsamte sich; die Gravitation schien aufgehoben. Indessen, er begriff: nicht das Gesetz verkehrte sich; er wurde gehalten. *Jener*, der sich, als er die Stadt betreten hatte, von ihm abwandte, war wieder da.

Matthieu sah ihn nicht; aber er war ihm angeschmiegt. Er fühlte seine Nacktheit an der des anderen. Die

schöne starke Brust, die seinen Rücken stützte, die umfangende Berührung der Schenkel, die Hände, die wie streichelnd seine Haut suchten, der Hauch eines Mundes, der dem seinen nahe war –
Die Dunkelheit freilich, die ihn und den anderen umgab, hatte den Geschmack der Ohnmacht.
Matthieu empfand die Härte und Kälte der Fliesen nicht. Eine Hand, die ihm kaum noch gehörte, glitt wie suchend am Boden hin und her. Mit schwerer, dicker Zunge lallte er:
»Gari – den ich kenne – Engel, dunkler Engel – mit krausem Haar – Malach hamoves – mit vollen dunkelroten Lippen – mein Freund, den ich kenne – mit krausem Haar – Gari – den ich kenne –«
Er hörte überdeutlich, daß der Deckel der gemauerten Gruft polternd zufiel.

Josef Winkler
Du darfst mich töten, wenn du mich nur liebst

> Lassen wir die Toten ruhen, die
> uns *nimmer ruhen* lassen; meine
> Brust ist ein Sarg, ich lege das
> theure Bild hinein und schraube
> ihn nie wieder auf.
>
> FRIEDRICH HEBBEL

I

»*Meine Mutter pflegte mich zum Grabstein zu schleppen, auf dem stand: ›Hier ruht Hans Henny Jahnn‹ – Das gehörte zu den furchtbarsten, entscheidenden Erlebnissen meiner Kindheit. – Sie liebte mich, aber nur als Ersatzkind. Ich war abstoßend häßlich, jener war bildhübsch gewesen.*«

Jahnn erhielt denselben Vornamen wie sein Bruder, der drei Jahre zuvor gestorben war. Der Zufall des Schicksals wollte es, daß mir, während ich den Auftrag erhielt, ein Nachwort zur *Nacht aus Blei* zu schreiben, mein jüngster Bruder das Bild der toten Schwester meines Vaters, eines vielleicht ein- bis zweijährigen Kindes schickte. Vor der gelben Gesamtausgabe der Werke Hans Henny Jahnns blicke ich auf die Rückseite des kartonierten Bildes, fast jedes Wort ist verziert, Barockbuchstaben, und beginne zu lesen, Photographisches Atelier Victor Trojer Feistritz a/Drau Kärnten Die Originalplatte bleibt für Nachbestellungen aufbewahrt. Ich überlege mir, ob ich das Bild umdrehen und das Kind ansehen soll, gestern abend habe ich das Bild aus Abscheu umgedreht und heute morgen soll ich es wieder zurückdrehen, soll ich oder soll ich nicht? Zu irgend jemanden muß ich doch Guten Morgen sagen, wie hast du geschlafen, und mit Vateraugen nickt es mir zu. Bereits als Kind, um den Vorfahren immer wieder in die Augen, auf die geschlossenen wie in die offenen blicken zu können, blätterte ich in dem blauen Fotoalbum und stieß auf das Bild mit dem toten Kind. Nie wußte ich, wer dieses Kind war, aber bereits als Kind lernte ich durch dieses Bild verstehen, daß nicht nur alte Leute sterben oder tot sein können, auch Kinder. Noch bevor ich als Ministrant im schwarzen Kittel neben dem Priester bei einem Kinderleichenbegängnis stand, sah ich das Bild mit dem toten, aufgebahrten Kind und suchte und fand mich in ihm, wann immer ich wollte. Oft ging ich ins Zimmer der Großeltern, zog die Tischlade heraus, nahm die dicke Mappe in die Hand, blickte forschend links und rechts, sah, daß mich niemand beobachtete, denn ich wollte mit dem toten Kind alleine sein. War jemand doch in meiner Nähe, blätterte ich schnell weiter, als ging mich dieses Bild nichts an. Vater und Mutter betrog ich mit dem Bild dieses toten Kindes, meine Schwester und meine Brüder und auch die Großmutter, die zu meiner rechten Hand schwer atmend im Bett lag. Ihr gehörte dieses tote Kind, es war ihre Tochter. Das Bild ist fünfzehn Zentimeter breit, braun-weiß. Als ich vor ein paar Wochen im Bauernhaus auf der Suche nach meiner Kindheit und Jugend am Dachboden herumkramte, Bilder und Gegenstände hochhob und wieder niederlegte, fand ich das

Fotoalbum und blätterte darin, vergaß aber das Bild mit dem toten Kind, wußte nicht mehr, daß dieses Bild in eine der letzten Seiten geheftet ist, ein lebendes Kind stand neben mir, war unruhig. Wir sollen hinuntergehen in die Küche, es ist kalt hier. Ich bin gleich fertig, sagte ich zu ihm, nur noch eine Kiste, dann gehen wir. Erst später, wieder in Klagenfurt, fiel mir ein, daß in dieses Fotoalbum das Bild eines toten Kindes eingeheftet ist. Die Erinnerung kam mir, als ich mehrere Tage fiebrig im Bett verbrachte, mit Literatur und Tabletten, Kopfschmerzen und rauchendem Tee. Ich warf die Bettdecke zurück und trat auf den kalten Boden, zuckte zurück und mein Blick fuhr suchend das Zimmer ab, wo sind die Hausschuhe? Wo? Fiebrige Augen blickten umher und suchten, was sie fanden, ich ging zum Telefon und rief das Elternhaus an. Der kleine Bruder hob ab, humpelte zum Telefon mit seinen Krücken, sein Fuß ist in Gips, er hat sich beim Schulturnen verletzt. Geh auf den Dachboden, sage ich zu ihm, oder nein, sag zur Schwester, sie soll eine Kerze nehmen, auf den Dachboden gehen und das Bild mit dem toten Kind heraussuchen. Ich kann ja selber gehen, sagte er. Nein, was ist, wenn du mit deinen Krücken, das Bild des toten Kindes in der Hand, über die steile Stiege stürzt? Nein, sag zur Schwester, geh inzwischen in den Stall und frag die Mutter, wer dieses tote Kind ist, in einer halben Stunde rufe ich wieder an. Die Schwester ging auf den Dachboden, eine tropfende Kerze in der Hand haltend, stellte sie auf eine Truhe, in der sich Vaters Kriegswerkzeug befindet, ein Säbel, der aber ein Erbstück des Großvaters sein dürfte, rostig ist seine Schneide, oft habe ich ihn als Kind in die Hand genommen, um Spinnweben und die grauen Tüten der Wespen, die in allen Ecken und Enden klebten, zu zerstören. Sie blätterte im blauen Fotoalbum, zehn, zwanzig Seiten, wo ist das Bild? Noch ein paar Seiten und ihre Augen stießen, ein wenig erschrocken, auf das Bild, sie nahm es heraus, schlug das Buch zu, die Kerze steht links, die quietschende Dachbodentür, die aus Eisen ist und keine Ratten mehr in die unteren Geschosse lassen sollte, wird dicht verschlossen, die Schwester ging polternd die steile Stiege hinunter. Sie stand an der gläsernen Balkontür und blickte auf das Licht der offenen Stalltüre, die pendelnden Kuhschwänze, Vaterfüße schreiten vorbei, oder sind es die Mutterbeine? Sie dreht sich mit dem Bild des toten Kindes und mit der Kerze um, hat die Kerze ausgeblasen und dem Kind Odem eingehaucht. Sie geht den Flur entlang, wieder eine Drehung und die sechzehnstufige Stiege, die ins Parterre führt, macht sich vor ihr breit, Kerze und Bild nimmt sie nun in eine Hand, denn sie hält sich mit der anderen am Geländer fest. Allein über die sechzehn Stufen der Stiege sollte ich jetzt eine Erzählung schreiben. Diese Stiege hat Geschichte. Über diese Stiege schleppten Vater und Leichenbestatter die Särge der Großeltern, keuchend, ich höre sie noch heute, sie sind mir nicht fremd geworden, diese Atemzüge der Anstrengung, und vor ihnen trug jemand, ich weiß nicht wer, den Leichnam dieses toten Kindes zur Zeit, als der Knabe Hans Henny Jahnn von seiner Mutter zum Friedhof geführt wurde, um am Grab seines älteren Bruders zu stehen, ebenfalls über diese sechzehn Stufen. Nach einer viertel Stunde läutete das Telefon und mein kleiner Bruder ließ mich mit einem schönen Gruß von der Mutter wissen, daß sie es nicht erlaubt, daß dieses Bild nun in meine Hände kommt. Sag ihr, daß es in mir nur schlimmer werden kann, daß dieses tote Kind wieder in mir aufleben könnte, wenn sie mir das Bild vorenthält. Heute will sie mich vor dem Bild mit dem toten Kind schützen, damals, als ich ein Kind war, hat sie es verabsäumt. Zwei Tage später fand ich ein Kuvert im Postkasten mit der Handschrift meines kleinen Bruders. Ich suchte nach einem Begleitschreiben, er wagte wohl nicht, auch nur einen Zettel mit einem Gruß in das Kuvert zu dem Bild der toten Schwester des Vaters zu stecken.

Zur selben Zeit breitete ich Bilder von Hans Henny Jahnn auf dem Schreibtisch aus und entdeckte erschrocken, daß die Bilder, die Jahnn als Sechsjährigen in Hamburg, als Vierundzwanzigjährigen in Norwegen zeigen, zur Zeit, als er seinen Roman *Perrudja* auf der Nordseeinsel Trischen schrieb, ebenfalls in braunweiß abgebildet sind. *»Mein Blut ging in mir um, und ich wußte, daß es nicht mein Blut war, daß nichts mir gehörte, sondern alles dem, der da begraben lag. Ich verstand nicht, warum meine Mutter nicht begriff, daß ich der war, den sie dort begraben meinte. Ich war überzeugt, daß ich seine Seele trug, eine fremde Seele, die sich nun ihrem wahren Leib näherte und hinauswollte in das Grab hinein, geradewegs in das Grab.«* Das tote Kind liegt in einem altmodischen, handgeflochtenen Puppenwagen mit einem Schiebedach, das ganz auf den Rand gedrückt ist. Der Kopf des Kindes liegt auf einem Seidenpolster mit Verzierungen, ebenfalls handgearbeitet. Sein Haupt kann man nicht sehen, denn es ist von einem Strauß Stoffblumen verdeckt, von lilienartigen Drahtblumen, deren Drähte mit weißem Krepp umflochten und deren Blüten aus Wachs sind. Wären die Stempel der offenen Blüten dochtartig, man könnte sie anzünden und das Haupt des Kindes blühte lichterloh. Wie bei einem Erntedankfest junge Bauernmädchen winzige Erntedankkronen, geflochten aus der Getreideart, die in diesem Jahr die reichste Ernte bot, auf ihren Köpfen tragen, so trägt dieses Kind einen Strauß Wachsblumen auf seinem Haupt. Zur toten Prinzessin gemacht von der Künstlerhand der damaligen jungen Frau, meiner Großmutter. Ähnliche tote Kinderaugen sah ich auf einem Friedhof im Kärntner Unterland, als ich mit einem Freund durch die Wege der Gräber schlenderte, bei einem Grabstein, auf dem ein totes Kind abgebildet war, Halt machte, mich niederbeugte wie über eine Puppenwiege. Der Freund, der mir vorausgegangen war, trat ein paar Schritte zurück, um den Grund meines Aufenthaltes zu erkunden, sah auf das Bild und erschrak vor mir. Damals, als ich jahrelang auf das Bild der toten Schwester meines Vaters blickte, hatte mich niemand ertappt, jetzt sah mich ein Freund wie einen Dieb einerseits mitleidig, andererseits verachtend an. Hätte mir mein Vater den einzigen Kuß meines Lebens gegeben, wenn er mich beim Anblikken des toten Kindes, seiner Schwester, gesehen hätte.

Über der Oberlippe trägt es eine ähnliche Falte wie mein Vater, die bei ihm aber von einem Hitlerbärtchen zeitlebens verdeckt wurde. Mich wundert es, warum ich nicht wenigstens des Nachts in meinen Träumen die offenen Augen dieses Kindes einmal gesehen habe. Der augenblaue Blick, aber vielleicht sind sie braun wie meine. Wer sähe wen? Es hat aufgeschwollene Backen wie das tote Kind auf dem slowenischen Grabstein. Wie auf dem Haupt liegen ringsumher zu beiden Seiten und am Ende der Füße Drahtblumen mit Stoffblättern und Wachsblüten. Man könnte die Blumen aus dem Puppenwagen heben, keine der nachfabrizierten Nelken würde ihren Kopf hängen lassen, nein, steif wie Nonnen halten sie Totenwache bei einem Kind. Ob die Drähte der Blumen, von grünem Papierzeug umwunden, rostig sind? Der Vergleich zwischen dem toten slowenischen Kind auf dem Unterlandgrabstein und zwischen der blutjungen, toten Schwester meines Vaters, dieses Aufeinandertreffen zweier toter Mädchen, das Kind eines Partisanen auf dem slowenischen Grabstein und eines Nationalsozialisten mit dem Hitlerbärtchen verlangt mir einen Klageschrei ab: Heimat bist du großer Töchter, Österreich. Etwas angeschwollen ist ihr Mund. Sesam öffne dich. Ich möchte deine Milchzähne sehen. Das weiße, übergroße Totenkleidchen mit Spitzenverzierungen am Ärmel – wie am Saumende ist am Handgelenk mit einer Binde versehen, einer Schleife, wie sie Minister in den Farben ihrer Nationalität quer über der Brust tragen, an der rechten Lende mit einer Sicherheitsnadel festgesteckt. Ihre Schleife sei rot-weiß-rot, denn ich beschreibe eine tote Österreicherin, und Hans Henny Jahnns toten Bruder, dem ich die Farben schwarz-weiß-rot gebe. Die beiden Schleifen überkreuzen sich. Rot-weiß-rot: schwarz-weiß-rot. Farben über alles. Der Tod ist auch ein Meister aus Österreich. Ruckartig dreht sich der Kopf mit dem Hitlerbärtchen in die Bildmitte, ebenso schnell der spitze Kopf einer Ratte, Menschen- und Tieraugen blicken sich an, ohne daß sie es merken, trägt der Kopf mit dem Hitlerbärtchen Rattenaugen und die Ratte Menschenaugen. Die Fahne sei die Flagge der Ohnmacht. Das tote Kind meiner Großmutter ist mir sehr wichtig, denn es ist die tote Schwester meines Vaters und ich bin meines Vaters Kind. Man kann diesem gepanzerten Kindertotenwagen das Sonnenschutzdach hochklappen, wenn der Schein der Totenkerzen zu grell ist. Täte ihm gut, man muß schaun aufs Kind, es ißt nichts, es trinkt nichts, hat keinen Appetit und das letztemal ordentlichen Stuhlgang hatte es, als es starb. In der Mitte hat man ebenfalls eine Schleife um die Bienentaille gewunden. Eingepackt ist es wie eine Bonbonniere. Die Händchen sind ineinander verflochten und mit einem kleinen Kinderrosenkranz aus Perlmutt oder glasierten Bohnen zusammengehalten. Ein ähnliches Totenkleid trug meine Schwester bei ihrer Erstkommunion. Hat das Totenkleid des Kindes Taschen? Man könnte ihm noch ein paar Bonbons zustecken. Und die Strohpuppe? Wohin damit? Unter das Totenkleid und die Beine des Kindes in Gebärstellung. Man sieht, daß die Fingernägel noch im Tod gewachsen sind, wie kleine, glatte Hügel sehen sie aus, Schneehügel. Ein anderes

Bild zeigt ein Pferd, das vor einen kleinen Heuwagen gespannt ist, meine Großmutter tippt ihm auf die Flanken. Meine Tante, von der noch die Rede sein wird, steht daneben mit einem schwarzen Taschentuch in der Hand. Ein Ruck und das Särgchen auf dem Wagen rutscht ein wenig nach hinten. Aber die Bretter des Heuwagens sind aus grobem Holz und die kleinen goldenen Füße an den Enden des Sarges sind aus Holz und ebenfalls grob. Sie krallen sich fest. Sind die Fingerabdrücke auf dem Foto so alt wie das Bild? Puppenwagen stehen noch im Totenzimmer. Kinder halten Totenwache. Müde sind ihre Augen, denn es ist Zeit zum Schlafen. Manche unter ihnen sind zu groß, um begreifen zu können, was der Tod ist, die kleineren, die noch an ihrer Geburt kleben, verstehen ihn besser, sie gehen hin und behandeln das tote Kind wie eine Puppe, nur etwas schwerer ist es, aber weicher und blutet nicht, wenn man es verletzt. Eine Puppe küßt die Lippen des toten Kindes. Ginge es mit diesem übergroßen Totenkleid spazieren wie meine Schwester mit dem Kommunionskleid, es träte auf den Saum und fiele zu Boden. Man würde ihm aufhelfen und die Krone auf dem Kopf wieder einrichten. *»Ich war ein häßliches Kind, ich spürte es am Verhalten meiner Umwelt und als eine Tante von mir es einmal in meiner Gegenwart laut aussprach, faßte ich einen weiteren Entschluß. Unser Hausarzt fragte mich kurze Zeit nach jenem Begebnis, was ich einmal zu werden gedächte; ich antwortete: ›Berühmt‹.«* Ich wagte es nie, eine Wahrsagerin aufzusuchen, ich hatte Angst, daß sie sagen wird, daß ich nicht berühmt werde.

Schön ist die Wurst, wenn sie sich wieder zu dem Tier verwandelt, aus dem sie gemacht wurde, das hungrig ist und die Wurst, die es geworden, wieder aufißt. Schön ist der Kaffee, wenn er kalt ist, vom kalten Kaffee wird man schön. Schön ist das Bild, das aus dem Rahmen fällt. Schön ist die Farbe blau, wenn ein Kind mit einem Blaustift seinen soeben geborenen Bruder töten will, der noch blau ist und im ersten Schrei gleichzeitig den Todesschrei ausstößt. Ich rufe die Schönheit auf, denn sie sitzt in der ersten Reihe der Eitelkeit und bekommt die Note Null und ist durchgefallen.

Wenn der junge Hans Henny Jahnn onanierte, bestrafte er sich danach mit einem Schnitt ins Bein. *»Ich kann jetzt noch an meinen Schenkeln ablesen, wie oft ich in einem gewissen Jahr onaniert habe. Es war eine teuflische Zeit, wo ich jedes Verrats fähig war, um einer Norm zu genügen. Ich betrieb eine vollkommene, radikale Zerstörung meines Körpers, um mich selbst zu überwinden. Ich kämpfte auf Tod und Leben mit allen Gewalten der Welt und blieb Sieger.«* Schön ist die Tür, die aufgeht und mich so erschreckt, daß meine Beine zucken und ich mich umblicke und den sehe, den ich liebe, um ihm zu sagen, komm her und treib mich weg von der elektrischen Schreibmaschine, denn ich bin aus Fleisch und Blut und möchte mich hier und dort, im Schnee wie auf einer Stroh- oder Kleewiese mit dir im Frühling, Sommer, Herbst und Winter wälzen, komm her, wer weiß, wie lange ich dich noch lieben kann – *»wir gehen durch die Straßen, bis unsere Liebe schlimm wird«* –, heute vielleicht

noch, morgen vielleicht nicht mehr und gestern war Nacht, als ich aufstand und weinend mein Glied in den Händen hielt wie eine Waffe und mit dem Maschinengewehr meiner Selbstbefleckung mich zu töten versuchte. *»Du darfst mich töten, wenn du mich nur liebst.«*
Entweder man kleidet das Kind zu Lebzeiten in zu große oder zu kleine Textilien, man kann nicht sagen, daß ihm das Totenkleid wie angegossen paßt. Warf ich doch eines Nachts die Hände vors Gesicht, als Jahnns toter Bruder im Traum aufstand und mich küssen wollte. Sechsundzwanzigfach liege ich in mir verkleinert, die letzte Ausgabe ist noch blau und hört nicht auf, den ersten Schrei auszustoßen. Man möchte dem toten Kind die Händchen auseinanderreißen, hochhalten, als riefen wir beide um Hilfe, das Kind blickt geradeaus, Sieg Heil!, und statt daß ich ihm ins Gesicht blicke, drehe ich meinen Kopf nach hinten, um nach dem zuckenden Rattenhaupt Ausschau zu halten. Im Spiegel der Rattenaugen sehe ich, wie langsam dem Kind ein Hitlerbärtchen wächst, während im Spiegel des anderen Auges der Vater sein Hitlerbärtchen endlich wegrasiert. Zerlottert ist derselbe Kinderwagen heute noch auf dem Dachboden meines Elternhauses museal zu besichtigen. Wie ein zerrissener Regenschirm, den ein Hund im Maul hält, der mit einem Bein herrschsüchtig auf einem Seziermesser steht, sieht das Schiebedach aus. Geruch gebärender Ratten ätzt in meiner Nase. Die Ratten werden das Haus überleben. Ich verdrehe meine Augen und sehe mit dem Blick eines Betrunkenen zwischen den Lidern

hervor, nehme die gebrochene Lenkstange und bemühe mich schwer schleppend, da zwei Räder fehlen, den Wagen vorwärts zu bringen, beginne ein Kinderlied zu summen und habe Angst, daß mich die Mutter hört, die am Balkon Wäsche aufhängt. Drei ihrer Brüder hat meine Mutter in einem Jahr im Krieg verloren. Hand in Hand gingen wir zum Dorffriedhof, um die Blumen der Gräber zu gießen. Sie deutete mit dem Zeigefinger auf einen der abgebildeten Brüder, dem siehst du ähnlich, er wollte Pfarrer werden, wie du einer werden sollst.

II

»Von wem soll da die Rede sein?« resümiert Hans Mayer in seinem Vorwort zur Gesamtausgabe des Werkes von Hans Henny Jahnn. »Vom Autor der *Niederschrift des Gustav Anias Horn*? An Jahnn ist viel gesündigt worden. Er hat es den Sündern immer leicht gemacht. Was seit den Anfängen, auch von freundlichen Beurteilern, als interessanter künstlerischer Sonderfall gedeutet wurde, erweist sich heute, besonders in allen Brüchigkeiten und Widersprüchen des Werkes zwischen dem Mann und seinem Werk, als eine bedeutende Vorwegnahme von Fragen unserer und der kommenden Ära. In der Rede über den Anlaß steht der Satz: ›Man kann James Joyce bekämpfen: aber man kann ihn nicht widerlegen.‹ Es liegt nahe, den Namen Joyce durch jenen von Hans Henny Jahnn zu ersetzen.«
Frank P. Steckel sagt es märchenhaft: »Im Hirschpark zu Hamburg lebte, in einem unscheinbar kleinen

Haus, bis in das Jahr 1959 ein Riese. Als man ihn begrub, wies der Sarg schon gewöhnliche Maße auf. Als das Grab geschlossen war, schrumpfte er hin in ein Vergessen ... Hans Henny Jahnn war vielleicht der auf lange Zeit letzte Inhaber jenes poetischen Anspruchs, der aufs Ganze geht. Und darum, ich wiederhole, darum ist die Ignoranz vor seinem Werk und die Schreckgebärde derer, die es erfahren, so überaus bezeichnend für uns.«

Hubert Fichte: »Jahnn, dessen viele tausend Seiten unter ›barock‹ abgelegt werden – fälschlich –, es soll lobend sein, ist in Wirklichkeit nur ein Alibi für Leselücken: Wann hat wer zuletzt *Die Niederschrift des Gustav Anias Horn* durchgearbeitet?«

Walter Muschg mißt das Romanwerk *Fluß ohne Ufer* mit der Bedeutung von Musils *Mann ohne Eigenschaften* und Thomas Manns *Doktor Faustus*.

Für sein Drama *Pastor Ephraim Magnus* wurde der sechsundzwanzigjährige Hans Henny Jahnn von Oskar Loerke mit dem Kleist-Preis ausgezeichnet. Bei der Uraufführung des Stückes war die Empörung so groß, daß Jahnns Stück vom Spielplan abgesetzt wurde. Wenige Tage darauf wurde das Theater in Berlin polizeilich geschlossen. Nach der Buchveröffentlichung dieses Dramas erstieg der Kritiker Julius Bab die Barrikaden: »Die qualvollste Lektüre meines Lebens! Sie dauerte Monate – denn immer nach vier, fünf Seiten war ich vor Entsetzen so gelähmt, daß ich nicht weiter konnte. In diesem Buch ist allerdings eine wilde, furchtbare Kraft, aber sie scheint mir keine künstlerische Kraft zu sein – sondern eine Kraft des hen, um sie als Ausschnitte den Pfarrämtern darzubieten. Man versteht, es mußte für mich erfolglos sein, das Motto zu prägen: ›Ich habe keine Ähnlichkeit mit den Gerüchten über mich.‹«

Ende 1932 auf einer öffentlichen Kundgebung im Curio-Haus in Hamburg proklamierte Jahnn: »*Wer Hitler wählt, wählt den Krieg.*« Als Nationalsozialisten eine erste Haussuchung hielten, bemerkten sie ein impressionistisches Portrait Jahnns von Heinrich Stegemann und einer fragte: »Wer ist denn der tote Mann? Er ist ja grün im Gesicht.«

»*Ich habe zwei sogenannte Weltkriege erlebt und empfinde, daß der dritte bevorsteht.*« Noch leben die Toten des dritten Weltkrieges.

Im Nachlaßstück *Die Trümmer des Gewissens* setzte sich Jahnn mit den Gefahren der Kernenergie auseinander. Jahnn hatte nicht nur gegen die Atomrüstung Stellung genommen, sondern als einzelner bereits 1957 gegen die Gefahren der friedlichen Nutzung von Kernenergie.

Polen schlug ihn nach Erscheinen des Romans *Perrudja* für den Literatur-Nobelpreis vor. Die Jury in Stockholm lehnte ab.

Karl Kraus: »Ich bin berühmt, aber es hat sich noch nicht herumgesprochen.« Daß Hans Henny Jahnn berühmt ist, hat sich wohl bis heute auch nicht herumgesprochen.

III

Das erstemal stieß ich auf Hans Henny Jahnn im Jahre 1976, als sich in meinem Heimatort zwei junge Men-

Literatur kann befreien. Kann Literatur Leben retten? Töten? Wie viele sind zu Zeiten Goethes dem Beispiel Werthers gefolgt? Damals war Selbstmord durch Erschießen Mode geworden. In meinem Heimatort ist es mittlerweile der Strick, der – man möchte dabei unglücklich ironisch werden und sagen – im Sommerschlußverkauf zur tödlichen, modischen Krawatte wurde. Vier junge Menschen starben mittlerweile innerhalb kurzer Zeit auf diese Weise. Drei davon wuchsen bei Bauern auf. Literatur zerrt an meinen Fesseln, befreit mich für Nächte und Tage, aber manchmal, so kommt es mir vor, befreit sie mich nur, um mich wiederum fesseln zu können. Angesichts dieser außerordentlichen Ereignisse in der Umgebung meines Lebens, die auf die Lektüre der *Nacht aus Blei* einwirkten, bedrängte mich dieser Roman wie kaum ein anderer. Damals zitterte ich vor Menschen, heute vor Büchern. Ich frage mich, ob ich nach wie vor zittern muß, um leben zu können – als holte ich gewzungenermaßen meine Kindheit wieder ein, um eine andere Autorität zu erschaffen: die Literatur.
Hat Hans Henny Jahnn meine *schäbige Wunde* aufgebrochen? »Ja, der Junge ist krank«, lese ich in Kafkas *Landarzt*. »In seiner rechten Seite, in der Hüftengegend hat sich eine handtellergroße Wunde aufgetan. Rosa, in vielen Schattierungen, dunkel in der Tiefe, hellwerdend zu den Rändern, zartkörnig, mit ungleichmäßig sich aufsammelndem Blut, offen wie ein Bergwerk obertags. So aus der Entfernung. In der Nähe zeigt sich noch eine Erschwerung. Wer kann das ansehen ohne leise zu pfeifen? Würmer, an Stärke und

Länge meinem kleinen Finger gleich, rosig aus einem und außerdem blutbespritzt, winden sich, im Inneren der Wunde festgehalten, mit weißen Köpfchen, mit vielen Beinchen ans Licht.« Und im roten Spiegel der Wunde Anders' in der *Nacht aus Blei* sehe ich den jungen Hans Henny Jahnn, wie er zur Weihnachtszeit seine Mutter auf den Friedhof begleiten muß, hier ruht schon ein Hans Jahnn, er ist schön, aber tot und sein Bruder, der vor dem Grab neben der Mutter steht, ist häßlich, aber lebt und heißt auch Hans. Ich sehe wie sie den Christbaum schmücken, wie die Mutter für den toten Hans betete und der kleine, lebende Hans den Kopf verdreht und das Gesicht der stammelnden Mutter im Profil fixiert. In derselben Wunde sehe ich, wie ich als Kind über die sechzehnstufige Stiege laufe. Mit Tränen und lauwarmem Wasser säuberte im Großelternzimmer meine kinderlose Tante die tote Großmutter. Ich lief hin und öffnete die Tür, wollte der Tante etwas geben oder sagen, spürte den Wind des Totengeruchs, während ich die Tür öffnete, fast zu Tode erschrocken, aber wahrscheinlich auch ein wenig fasziniert, schloß ich die Tür wieder. Der Spiegel dieser Wunde ist blutrot. Ich muß ihn mit einem Tuch säubern, damit ich weiter sehen kann, was war und was in mir noch immer ist. Die Großmutter liegt nackt auf dem Bett, ihre Beine auseinandergespreizt, der Mund offen, die Augen bereits geschlossen. Die Tante steht weinend über ihr, hält ein Tuch in der Hand und wischt ihren toten Leib sauber. Das war wohl eines der furchtbarsten Erlebnisse zur Zeit des Beginns meiner Pubertät. Erschrocken sieht mich die leichenwaschende Tante an, hebt den Kopf ruckartig wie das zuckende Haupt einer Ratte, meine Augen werden starr, ich senke den Blick, drehe mich um, während die Kinderhand die kalte Türschnalle verläßt, und laufe über die sechzehn Stufen der Stiege; niemandem in die Arme, auch der Mutter nicht, irgendwo hocke und zittere ich, starre auf gelbe Hahnenfüße und warte auf den Pfauenschrei der Totenbeweinung. Wenn der Tod im weißen Gewand der Nacht kommt, dann krieche ich zu meinen Füßen und beginne verlegen wie ein Kind mit den Zehen zu spielen. *»Die Hand ist vom warmem Schaum der Eingeweide umgeben. Würde Matthieu ins Dunkel zugreifen, er würde eine Erfahrung gewinnen, eine Gewißheit – lächerlich klein, verglichen mit dem ungeheueren Horizont der Sehnsüchte –; aber doch eine Gewißheit: daß man das Herz eines Menschen zerdrücken kann.«* Die Bevölkerung der Stadt hat dem homoerotischen Jungen Anders die Wunde in der Bauchmitte zugefügt, aus Haß gegen das *Anders*-Sein. *»Sie erschlagen den Fremdling nicht sogleich; sie kennen eine langsam wirkende Tötungsart. Sie verwunden den Auszustoßenden. Anfangs schwächen sie ihn nur mit kleinen Blutverlusten. Tag für Tag setzen sie ihr Messer an. Allmählich schneiden sie tiefer. – Mit mir ist es so weit gekommen, daß sie mich ausgesetzt haben, denn meine Wunde kann nicht mehr heilen.«* Ich gehe in eine Apotheke, kaufe Leukoplast und suche in derselben Straße, während ich die Gesichter der Passanten fixiere, einen Papierkorb, um das Leukoplast wieder wegwerfen zu können; gehe in die nächste oder übernächste Straße,

auf eine Drogerie zu, kaufe Leukoplast und suche in derselben Straße nach einem Papierkorb, der an eine Ampel gebunden ist, um das Leukoplast wieder wegwerfen zu können; gehe weiter und weiter, bis ich im Labyrinth dieser Stadt auf eine Parfümerie stoße, die Verkäuferin den Kopf schüttelt und ich lautlos, ohne zu grüßen, während sie an meinem Hinterkopf, an Schulterblättern und Beinen nach der Wunde sucht, den Laden verlasse; ich gehe weiter, bis ich wieder eine Apotheke sehe und meine Schritte entschlossener werden, und lege auf die Schneehaube eines Papierkorbes neuerlich eine Packung Leukoplast. So verbringe ich den ganzen Tag in dieser Stadt gegen eine Gesellschaft, die den Auszustoßenden Wunden zufügt, die nicht mehr geheilt werden können.
Er, mit dem ich *Die Nacht aus Blei* vor einem halben Jahr gemeinsam wiederlas, schrieb in sein Tagebuch: »Ich bin ein Eisläufer auf Seilen.« In einem Brief: »Ich habe keine Wunde, in der ich meine Hände wärmen könnte.« Meine Antwort? Ich hörte das Poltern, einen Sargdeckel aus Marmor, den jemand über mir zuschieben will, ich hörte das charakteristische Aufeinanderreiben zweier Steine. Immer wieder verwechsle ich mich mit Matthieu, immer wieder verwechsle ich dich mit Anders, auf meinem Rücken hockst du, treibst die Sporen deiner Zehennägel in meine Flanken, der Mittelfinger deiner rechten Hand und der Mittelfinger deiner linken Hand zerren meine Mundwinkel auseinander; meine Lippen sind rot, ich lache und spiele den Clown des Todes; weiß ist mein Gesicht, fahl wie der Mond; blutigrot die Lippen, weiß die Zähne und die

Tränen, die mir aus den Augen rinnen und meine Lippen waschen; rote Farbe des Blutes rinnt über mein Kinn und fällt tropfenweise auf mein weißes Hemd, nach und nach folgen Speichel und Tränen und befreien mich vom Blut. Mit dem Gewicht deines Körpers auf meiner Schulter gehen wir durch die Straßen, bis unsere Liebe schlimm wird; dein weiches Geschlecht spüre ich an meiner harten Wirbelsäule; ich möchte meinen Kopf wie ein wieherndes Pferd, das Fliegen verjagt, nach hinten werfen, um deine Wunde zu küssen; reiß mich an den Haaren, halt dich fest am Zügel meiner warmen Ohren und schreie, tu es, tu es, in den Schnee hinaus, in die Wächten hinein.

Ich habe *Die Nacht aus Blei* in eine Zimmerecke geschleudert und wieder aufgehoben. Der Priester meiner Kindheit küßte die Bibel, als er den Altar betrat. Rotgekleidet, ministrierend, kniete ich zum Saum seines Gewandes und fragte mich, ob er denn dieses Buch liebe wie einen Menschen. Ich hätte mich fragen sollen, ob er dieses Buch vor den Menschen liebe. *Die Nacht aus Blei* begleitete mich nach Rom. Nicht unabhängig von diesem Buch öffneten sich in und außerhalb von mir die Tore zur Kaisergruft in Wien und zur Gruft der Päpste in Rom, als suchte ich da und dort das Bett, in dem Matthieu und Anders starben. Noch ehe ich über dieses Buch etwas sagen kann, muß ich es ›überleben‹, so weit aber bin ich noch nicht.

Ich möchte meinen Kopf in meiner Brust verschwinden lassen, daß nichts als ein gewölbter Rücken zurückbleibt, ähnlich wie bei einem Igel, der, wenn er sich erschreckt, die Stacheln aufstellt, sich wölbt. *»Warum wollen Sie mein Sterben der lieblosen Verstümmelung überlassen? Es ist nichts Erhabenes, an einer schäbigen Wunde umzukommen. Wüten Sie doch gegen mich, Matthieu! Zerfetzen Sie mich! Kann es in dieser Gruft, an diesem Ort ohne Nebenort, noch eine andere Freude geben als den Mord, dem sich niemand widersetzt? – Halb ist er schon vollbracht. Warum feilschen wir um die andere Hälfte?«* Glasige Augen blicken mein Inneres aus, während ich diese Sätze aus der *Nacht aus Blei* vor mich hinmurmle. Hebe meinen Blick und sehe aus dem Spiegel meiner Wunde die Gesichtszüge Hans Henny Jahnns, der in meine Wunde blickt. Pfeift er leise? Ich will wieder raus, ich muß mich befreien, krieche wieder hervor aus meiner Igelstellung, man hört das Knacken der Knochen. Ich schüttle den Kopf und Blut und Wasser fließen von den Federn meiner Haare, ich blicke fremd um mich wie ein Neugeborener, schreie aber nicht, meine Haut riecht nach der Stirn eines Kindes, ich will vom Boden aufstehen, aber mein Körper ist schwer wie Blei. Die Todesangst könnte mir die Kraft verdoppeln, sage ich nickend vor mich hin, reiße mich hoch und gehe auf die Tür seines Zimmers zu, Anders ist fort, dennoch sage ich in den leeren Raum, was ich ihm später ins Gesicht sagen werde: Du darfst mich nicht töten, wenn du mich auch liebst.

Maria Saal, Jänner 1980

Bibliothek Suhrkamp
Alphabetisches Verzeichnis

Adorno: Berg 575
- Literatur 1 47
- Literatur 2 71
- Literatur 3 146
- Literatur 4 395
- Mahler 61
- Minima Moralia 236
- Über Walter Benjamin 260

Aitmatow: Dshamilja 315

Alain: Die Pflicht glücklich zu sein 470

Alain-Fournier: Der große Meaulnes 142
- Jugendbildnis 23

Alberti: Zu Lande zu Wasser 60

Anderson: Winesburg, Ohio 44

Andrić: Hof 38

Andrzejewski: Appellation 325
- Jetzt kommt über dich das Ende 524

Apollinaire: Bestiarium 607

Aragon: Libertinage, die Ausschweifung 629

Arghezi: Kleine Prosa 156

Artmann: Gedichte 47

de Assis: Der Irrenarzt 610

Asturias: Legenden 358

Bachmann: Malina 534

Ball: Flametti 442
- Hermann Hesse 34

Bang: Das weiße Haus 586
- Das graue Haus 587
- Exzentrische Existenzen 606

Barnes: Antiphon 241
- Nachtgewächs 293

Baroja: Shanti Andía, der Ruhelose 326

Barthelme: City Life 311
- Komm wieder Dr. Caligari 628

Barthes: Die Lust am Text 378

Baudelaire: Gedichte 257

Becher: Gedichte 453

Becker: Jakob der Lügner 510

Beckett: Bruchstücke 657
- Erste Liebe 277
- Erzählungen 82
- Glückliche Tage 98
- Mercier und Camier 327
- Residua 254
- That Time/Damals 494
- Um abermals zu enden 582
- Verwaiser 303
- Wie es ist 118

Belyj: Petersburg 501

Benjamin: Berliner Chronik 251
- Berliner Kindheit 2
- Denkbilder 407
- Deutsche Menschen 547
- Einbahnstraße 27
- Über Literatur 232

Benn: Weinhaus Wolf 702

Bernhard: Amras 489
- Der Präsident 440
- Der Weltverbesserer 646
- Die Berühmten 495
- Die Jagdgesellschaft 376
- Die Macht der Gewohnheit 415
- Ignorant 317
- Immanuel Kant 556
- Ja 600
- Midland 272
- Verstörung 229

Bioy-Casares: Morels Erfindung 443

Blixen: Babettes Gastmahl 480

Bloch: Erbschaft dieser Zeit 388
- Schiller 234
- Spuren. Erweiterte Ausgabe 54
- Thomas Münzer 77
- Verfremdungen 1 85
- Verfremdungen 2 120
- Zur Philosophie der Musik 398

Block: Sturz 290

Bond: Lear 322

Borchers: Gedichte 509
Braun: Unvollendete Geschichte 648
Brecht: Die Bibel 256
– Flüchtlingsgespräche 63
– Gedichte und Lieder 33
– Geschichten 81
– Hauspostille 4
– Klassiker 287
– Messingkauf 140
– Me-ti 228
– Politische Schriften 242
– Schriften zum Theater 41
– Svendborger Gedichte 335
– Turandot 206
Breton: L'Amour fou 435
– Nadja 406
Broch: Demeter 199
– Esch 157
– Gedanken zur Politik 245
– Hofmannsthal und seine Zeit 385
– Huguenau 187
– James Joyce 306
– Magd Zerline 204
– Menschenrecht und Demokratie 588
– Pasenow 92
Brudziński: Rote Katz 266
Busoni: Entwurf einer neuen Ästhetik der Tonkunst 397
Camus: Der Fall 113
– Jonas 423
– Ziel eines Lebens 373
Canetti: Aufzeichnungen 580
– Der Überlebende 449
Capote: Die Grasharfe 62
Carossa: Gedichte 596
– Ein Tag im Spätsommer 1947 649
– Rumänisches Tagebuch 573
Carpentier: Barockkonzert 508
– Das Reich von dieser Welt 422
Celan: Ausgewählte Gedichte 264
– Gedichte I 412
– Gedichte II 413
Chandler: Straßenbekanntschaft Noon Street 562

Cioran: Über das reaktionäre Denken 643
Cortázar: Geschichten der Cronopien und Famen 503
Cocteau: Nacht 171
Conrad: Jugend 386
Curtius: Marcel Proust 28
Ding Ling: Das Tagebuch der Sophia 670
Döblin: Berlin Alexanderplatz 451
Duras: Ganze Tage in den Bäumen 669
– Herr Andesmas 109
Ebner: Das Wort und die geistigen Realitäten 689
Ehrenburg: Julio Jurenito 455
Ehrenstein: Briefe an Gott 642
Eich: Aus dem Chinesischen 525
– Gedichte 368
– In anderen Sprachen 135
– Katharina 421
– Marionettenspiele 496
– Maulwürfe 312
– Träume 16
Einstein: Bebuquin 419
Eliade: Das Mädchen Maitreyi 429
– Der Hundertjährige 597
– Die drei Grazien 577
– Die Sehnsucht nach dem Ursprung 408
– Die Pelerine 522
– Mântuleasa-Straße 328
Eliot: Das wüste Land 425
– Gedichte 130
– Old Possums Katzenbuch 10
Elytis: Ausgewählte Gedichte 696
Enzensberger: Mausoleum 602
Faulkner: Der Bär 56
– Wilde Palmen 80
Fitzgerald: Taikun 91
Fleißer: Abenteuer 223
– Ein Pfund Orangen 375
Freud: Briefe 307
– Der Mann Moses 131
– Leonardo da Vinci 514
Frisch: Andorra 101

- Bin 8
- Biografie: Ein Spiel 225
- Der Traum des Apothekers von Locarno 604
- Homo faber 87
- Montauk 581
- Tagebuch 1946–49 261
Fuentes: Zwei Novellen 505
Gadamer: Vernunft im Zeitalter der Wissenschaft 487
- Wer bin Ich und wer bist Du? 352
Gadda: Die Erkenntnis des Schmerzes 426
- Erzählungen 160
Gebser: Lorca oder das Reich der Mütter 592
- Rilke und Spanien 560
Gide: Die Aufzeichnungen und Gedichte des André Walter 613
- Die Rückkehr des verlorenen Sohnes 591
Ginsburg: Caro Michele 594
Giraudoux: Juliette im Lande der Männer 308
Gorki: Zeitgenossen 89
Green: Der Geisterseher 492
- Der andere Schlaf 45
- Moira 678
Gründgens: Wirklichkeit des Theaters 526
Guillén: Ausgewählte Gedichte 411
Guttmann: Das alte Ohr 614
Habermas: Philosophisch-politische Profile 265
Haecker: Tag- und Nachtbücher 478
Hamsun: Hunger 143
- Mysterien 348
Handke: Die Angst des Tormanns beim Elfmeter 612
Hašek: Partei 283
Heimpel: Die halbe Violine 403
Hemingway: Der alte Mann und das Meer 214
Herbert: Ein Barbar in einem Garten 536

- Herr Cogito 416
- Im Vaterland der Mythen 339
- Inschrift 384
Hermlin: Der Leutnant Yorck von Wartenburg 381
Herrmann-Neiße: Der Todeskandidat 667
Hesse: Briefwechsel m. Th. Mann 441
- Demian 95
- Eigensinn 353
- Glaube 300
- Glück 344
- Iris 369
- Klingsors letzter Sommer 608
- Josef Knechts Lebensläufe 541
- Knulp 75
- Kurgast 329
- Legenden 472
- Magie des Buches 542
- Morgenlandfahrt 1
- Musik 483
- Narziß und Goldmund 65
- Politische Betrachtungen 244
- Siddhartha 227
- Steppenwolf 226
- Stufen 342
- Vierter Lebenslauf 181
- Wanderung 444
Highsmith: Als die Flotte im Hafen lag 491
Hildesheimer: Biosphärenklänge 533
- Cornwall 281
- Exerzitien mit Papst Johannes 647
- Hauskauf 417
- Lieblose Legenden 84
- Masante 465
- Tynset 365
Hofmannsthal: Briefwechsel 469
- Das Salzburger große Welttheater 565
- Gedichte und kleine Dramen 174
Hohl: Bergfahrt 624
- Das Wort faßt nicht jeden 275

- Nuancen und Details 438
- Varia 557
- Vom Arbeiten · Bild 605
- Vom Erreichbaren 323
- Weg 292

Holz/Schlaf: Papa Hamlet 620
Horkheimer: Die gesellschaftliche Funktion der Philosophie 391
Horváth: Don Juan 445
- Glaube Liebe Hoffnung 361
- Italienische Nacht 410
- Kasimir und Karoline 316
- Sechsunddreißig Stunden 630
- Von Spießern 285
- Wiener Wald 247

Hrabal: Moritaten 360
- Tanzstunden 548

Huch: Der letzte Sommer 545
Huchel: Ausgewählte Gedichte 345
Hughes: Sturmwind auf Jamaika 363
- Walfischheim 14

Humm: Die Inseln 680
Huxley: Das Lächeln der Gioconda 635
Inglin: Werner Amberg. Die Geschichte seiner Kindheit 632
Inoue: Die Berg-Azaleen auf dem Hira-Gipfel 666
- Eroberungszüge 639
- Jagdgewehr 137
- Stierkampf 273

Jacob: Würfelbecher 220
Jahnn: Die Nacht aus Blei 682
James: Die Tortur 321
Jouve: Paulina 271
Joyce: Anna Livia Plurabelle 253
- Briefe an Nora 280
- Dubliner 418
- Giacomo Joyce 240
- Kritische Schriften 313
- Porträt des Künstlers 350
- Stephen der Held 338
- Die Toten/The Dead 512
- Verbannte 217

Kafka: Der Heizer 464
- Die Verwandlung 351

- Er 97

Kaiser: Villa Aurea 578
Kasack: Stadt 296
Kasakow: Larifari 274
Kaschnitz: Beschreibung eines Dorfes 645
- Gedichte 436
- Orte 486
- Vogel Rock 231

Kassner: Zahl und Gesicht 564
Kästner: Aufstand der Dinge 476
- Zeltbuch von Tumilat 382

Kawabata: Träume im Kristall 383
Kawerin: Ende einer Bande 332
- Unbekannter Meister 74

Kellermann: Der Tunnel 674
Koeppen: Das Treibhaus 659
- Jugend 500
- Tauben im Gras 393

Kołakowski: Himmelsschlüssel 207
Kolář: Das sprechende Bild 288
Kommerell: Der Lampenschirm aus den drei Taschentüchern 656
Kracauer: Freundschaft 302
- Georg 567
- Ginster 107

Kraft: Franz Kafka 211
- Spiegelung der Jugend 356

Kraus: Nestroy und die Nachwelt 387
- Sprüche 141
- Über die Sprache 571

Kreuder: Die Gesellschaft vom Dachboden 584
Krolow: Alltägliche Gedichte 219
- Gedichte 672
- Nichts weiter als Leben 262

Kudszus: Jaworte 252
Lampe: Septembergewitter 481
Landolfi: Erzählungen 185
Landsberg: Erfahrung des Todes 371
Larbaud: Fermina Márquez 654
- Glückliche Liebende ... 568

Lasker-Schüler: Mein Herz 520

Lawrence: Auferstehungs-
geschichte 589
Lehmann: Gedichte 546
Leiris: Mannesalter 427
Lem: Das Hohe Schloß 405
– Der futurologische Kongreß 477
– Die Maske · Herr F. 561
– Golem XIV 603
– Robotermärchen 366
Lenz: Dame und Scharfrichter 499
– Das doppelte Gesicht 625
– Der Kutscher und der Wappenmaler 428
– Spiegelhütte 543
Lernet-Holenia: Die Auferstehung des Maltravers 618
Levin: James Joyce 459
Llosa: Die kleinen Hunde 439
Loerke: Anton Bruckner 39
– Gedichte 114
Lorca: Bluthochzeit/Yerma 454
– Gedichte 544
Lowry: Die letzte Adresse 539
Lucebert: Gedichte 259
Majakowskij: Ich 354
– Liebesbriefe an Lilja 238
– Politische Poesie 182
Malerba: Geschichten vom Ufer des Tibers 683
Mallarmé: Eines Faunen Nachmittag 652
Mann, Heinrich: Politische Essays 209
Mann, Thomas: Briefwechsel mit Hermann Hesse 441
– Leiden und Größe der Meister 389
– Schriften zur Politik 243
Mao Tse-tung: 39 Gedichte 583
Marcuse: Triebstruktur und Gesellschaft 158
Maurois: Marcel Proust 286
deMause: Über die Geschichte der Kindheit 633
Mayer: Brecht in der Geschichte 284

– Doktor Faust und Don Juan 599
– Goethe 367
Mayoux: James Joyce 205
Menuhin: Kunst und Wissenschaft als verwandte Begriffe 671
Michaux: Turbulenz 298
Minder: Literatur 275
Mishima: Nach dem Bankett 488
Mitscherlich: Idee des Friedens 233
– Versuch, die Welt besser zu bestehen 246
Montherlant: Die kleine Infantin 638
Musil: Tagebücher 90
– Die Verwirrungen des Zöglings Törleß 448
Nabokov: Lushins Verteidigung 627
Neruda: Gedichte 99
Niebelschütz: Über Dichtung 637
Nizan: Das Leben des Antoine B. 402
Nizon: Stolz 617
Nossack: Beweisaufnahme 49
– Der Neugierige 663
– Der Untergang 523
– Interview 117
– Nekyia 72
– November 331
– Sieger 270
– Vier Etüden 621
Nowaczyński: Schwarzer Kauz 310
O'Brien: Der dritte Polizist 446
– Das Barmen 529
– Das harte Leben 653
– Zwei Vögel beim Schwimmen 590
Olescha: Neid 127
Onetti: Die Werft 457
Palinurus: Grab 11
Papini: Ein erledigter Mensch 673
Pasternak: Initialen 299
– Kontra-Oktave 456
Paustowskij: Erzählungen vom Leben 563
Pavese: Das Handwerk des Lebens 394

- Mond 111
Paz: Das Labyrinth der
  Einsamkeit 404
- Gedichte 551
Penzoldt: Kleiner Erdenwurm 550
- Patient 25
- Squirrel 46
- Prosa eines Liebenden 78
Piaget: Weisheit und Illusionen
  der Philosophie 362
Pirandello: Einer, Keiner,
  Hunderttausend 552
Plath: Ariel 380
- Glasglocke 208
Platonov: Baugrube 282
Ponge: Im Namen der Dinge 336
Portmann: Vom Lebendigen 346
Pound: ABC des Lesens 40
- Wort und Weise 279
Proust: Briefwechsel mit der
  Mutter 239
- Combray 574
- Der Gleichgültige 601
- Swann 267
- Tage der Freuden 164
- Tage des Lesens 400
Queiroz: Das Jahr 15 595
Queneau: Stilübungen 148
- Zazie in der Metro 431
Radiguet: Der Ball 13
- Teufel im Leib 147
Ramos: Angst 570
Ramuz: Erinnerungen an
  Strawinsky 17
Rilke: Ausgewählte Gedichte 184
- Briefwechsel 469
- Das Testament 414
- Der Brief des jungen Arbeiters
  372
- Die Sonette an Orpheus 634
- Duineser Elegien 468
- Ewald Tragy 537
- Gedichte an die Nacht 519
- Malte 343
- Über Dichtung und Kunst 409
Ritter: Subjektivität 379
Roa Bastos: Menschensohn 506

Robakidse: Kaukasische
  Novellen 661
Roditi: Dialoge über Kunst 357
Roth, Joseph: Beichte 79
- Die Legende vom heiligen
  Trinker 498
Roussell: Locus Solus 559
Rulfo: Der Llano in Flammen 504
- Pedro Páramo 434
Sachs, Nelly: Späte Gedichte 161
- Gedichte 549
- Verzauberung 276
Sarraute: Martereau 145
- Tropismen 341
Sartre: Die Wörter 650
- Kindheit 175
Schadewaldt: Der Gott von
  Delphi 471
Schickele: Die Flaschenpost 528
- Die Witwe Bosca 609
Schneider: Las Casas vor Karl V.
  622
Scholem: Judaica 1 106
- Judaica 2 263
- Judaica 3 333
- Von Berlin nach Jerusalem 555
- Walter Benjamin 467
Scholem-Alejchem: Tewje 210
Schröder: Ausgewählte Gedichte
  572
- Der Wanderer 3
Schulz: Die Zimtläden 377
Schwob: Roman der 22 Lebens-
  läufe 521
Seelig: Wanderungen mit Robert
  Walser 554
Seghers: Aufstand 20
- Räuber Woynok 458
- Sklaverei 186
Sender: König und Königin 305
- Requiem für einen spanischen
  Landsmann 133
Shaw: Handbuch des Revo-
  lutionärs 309
- Haus Herzenstod 108
- Heilige Johanna 295
- Helden 42

- Kaiser von Amerika 359
- Mensch und Übermensch 129
- Pygmalion 66
- Selbstbiographische Skizzen 86
- Sozialismus für Millionäre 631
- Vorwort für Politiker 154
- Wagner-Brevier 337
Simenon: Der Präsident 679
Simon, Ernst: Entscheidung zum Judentum 641
Simon, Claude: Seil 134
Šklovskij: Sentimentale Reise 390
Solschenizyn: Matrjonas Hof 324
Spark: Die Ballade von Peckham Rye 662
Spitteler: Imago 658
Stein: Zarte Knöpfe 579
- Erzählen 278
- Paris Frankreich 452
Strindberg: Am offenen Meer 497
- Das rote Zimmer 640
- Fräulein Julie 513
- Traumspiel 553
Suhrkamp: Briefe 100
- Der Leser 55
- Munderloh 37
Svevo: Ein Mann wird älter 301
- Vom alten Herrn 194
Szaniawski: Der weiße Rabe 437
Szondi: Celan-Studien 330
- Satz und Gegensatz 479
Szymborska: Deshalblebenwir 697
Tardieu: Mein imaginäres Museum 619
Tendrjakow: Die Nacht nach der Entlassung 611
Thoor: Gedichte 424
Tomasi di Lampedusa: Der Leopard 447
Trakl: Gedichte 420
Ullmann: Ausgewählte Erzählungen 651

Valéry: Die fixe Idee 155
- Eupalinos 370
- Herr Teste 162
- Über Kunst 53
- Windstriche 294
- Zur Theorie der Dichtkunst 474
Valle-Inclán: Frühlingssonate 668
- Tyrann Banderas 430
Vallejo: Gedichte 110
Vančura: Der Bäcker Jan Marhoul 576
Vian: Die Gischt der Tage 540
Vittorini: Die rote Nelke 136
Walser, Martin: Ehen in Philippsburg 527
Walser, Robert: Der Gehülfe 490
- Der Spaziergang 593
- Die Rose 538
- Geschichten 655
- Geschwister Tanner 450
- Jakob von Gunten 515
- Prosa 57
Waugh: Wiedersehen mit Brideshead 466
Weiss: Der Schatten des Körpers des Kutschers 585
- Hölderlin 297
- Trotzki im Exil 255
Weiß: Franziska 660
Wilde: Die romantische Renaissance 399
- Dorian Gray 314
Williams: Die Worte 76
Wittgenstein: Bemerkungen über die Farben 616
- Gewißheit 250
- Vermischte Bemerkungen 535
Yeats: Die geheime Rose 433
Zimmer: Kunstform und Yoga 482
Zweig: Die Monotonisierung der Welt 493